ARDINGHERA

Les cartes postales présentées dans le corps du texte à l'initiative de l'éditeur n'ont d'autre objet que d'imager le cadre du roman au plus près de ce qu'il était lors de sa rédaction, en 1931. Ces images d'une époque révolue, adaptables au récit, se veulent un témoignage de la sincérité de l'auteur dans ses descriptions narratives.

Page 178. Blanche Allarty photographiée en 1910 par Jean Delton dans un saut plané sur la piste du cirque Molier.

979-10-97127-19-0
www.editionslagrangebateliere.fr

ARDINGHERA

Régis
Messac

Préface
Jean-Paul Morel

Postface
Guibert Lejeune

la Grange Batelière

Ardinghera ou *Les Mystères de Soisy*

Préface de Jean-Paul Morel

À l'instar, plus tard, d'Umberto Eco, après avoir haultement "théorisé", disons plus exactement "thésé", sur *Le « Detective Novel »* (thèse, rappelons-le, soutenue en la docte Sorbonne le 7 décembre 1929), Régis Messac ne pouvait pas ne pas s'attaquer à la "pratique". D'où ce roman, paru en feuilleton, selon les recettes dix-neuviémistes, dans *Le Quotidien*, de mai à juin 1931, en quinze chapitres et vingt-huit livraisons: *Ardinghera*, signé du pseudonyme de Gontran Lenoir, jamais réuni en volume jusqu'à ce jour.

Nous laissons à Guibert Lejeune le soin de vous éclairer, potentiellement, sur le choix de ce pseudonyme — un, parmi nombre d'autres —, pour retenir, avec lui, l'origine fort probable de cet énigmatique titre. Il appert que, dans sa précieuse *Esquisse d'une chrono-bibliographie des Utopies* (publiée posthume), Régis Messac a dûment répertorié un non moins curieux *Ardinghello et les Îles de la Félicité*, «traduit de l'allemand par les citoyens Weltzien et Faye jeune, an VIII, 1800, Paris, Ch[arles]-Fr[édéric] Cramer imprimeur, 12, rue des Bons-Enfants», paru ainsi, sans nom d'auteur précisé.

S'agissant du "héros" du titre, de "Ardinghello" à "Ardinghera", le passage "de main", sans avoir à quitter le territoire italien (car on y trouve aussi un village côtier, à la frontière italo-française, nommé Bordighera), — au suffixe près, et même si l'on passe d'un homme à une femme —, ne semble pas trop difficile à franchir. S'agissant de l'auteur, même si ici oblitéré, Wilhelm Heinse (1749-1803), ce n'était pas tout à fait un inconnu, — du moins en Allemagne —, lequel avait pris soin de se protéger des foudres d'une éventuelle censure, en prétextant, selon une méthode qui fera littérairement florès, avoir découvert ce manuscrit, lors d'un de ses voyages, dans un village perdu italien au sud de Rome, Caieta (devenue Gaëte).

Le déroulement de ce feuilleton n'a rien que de classique dans le genre, calqué explicitement sur le couple créé par Conan Doyle pour ses « Aventures de Sherlock Holmes », excepté que la position des personnages — interlocuteurs, tout en respectant la tradition socratique, est ici inversée : la lumière de cette "sombre affaire" ne va en effet pas venir du frais émoulu commissaire de police, Robert Massion — qui n'est d'ailleurs à ce poste que "par interim" —, mais de l'étudiant en droit, plutôt attardé, Benoit Bandan, fort seulement d'avoir tenu occasionnellement dans un journal la rubrique « nécro » des faits divers, lequel va néanmoins se révéler expert en filature, hypothèses et déductions, tout en avouant, « à la différence de Sherlock Holmes et de Nick Carter » (*sic*), être un piètre cambrioleur. Tous deux en tout cas de se retrouver à l'unisson pour railler l'incompétence de la police officielle.

Sous les airs d'une intrigue policière, on navigue, de fait, sur un ton et un langage allègres, mixant les registres qui vont de la basse à la haulte culture, on navigue entre un mélodrame, qui aurait pu être "à la Ponson" (*sic* encore), un vaudeville ou une opérette, selon que l'on préfère l'opéra comique au théâtre de boulevard, voire un spectacle de grand-guignol — toujours alors actif —, et qui aurait pu fort prosaïquement s'intituler, dans la lignée des précédents *Mystères de*… qui ont envahi l'Europe dans la veine ouverte par Eugène Sue au mitan du XIXe siècle, *Les Mystères d'une banlieue parisienne* [en l'occurrence, Soisy, commune de Seine-et-Oise]. Mais un tel titre ne risquait pas d'être très vendeur. Bref, pour aboutir à un final, qui évoquera comme on voudra le dénouement d'une tragédie grecque ou d'un drame à la Shakespeare, avec une chute — *happy end* comme on dit — qui deviendra un *topos* des romans et films noirs, que conclut ce «*Alone in the night*»…

Nous pourrions broder sur ce lord english dénommé Halloween (localement normandisé en «Laura Lovine»), propriétaire fortuné d'importantes écuries à quelques encâblures d'Enghien et de Chantilly — vous subodorez pourquoi… —, résidant lui-même dans un somptueux château au nord du village de Soisy, et qui ne peut qu'abriter la mort; sur sa maîtresse en titre, Letizia Andréoli (n'insistons pas), ex-écuyère de cirque, qui aurait travaillé pour le célèbre Cirque Molier au début du siècle, reconvertie — à ses risques et périls… — parieuse professionnelle dans le champ hippique; tout comme sur Miss Appollina, attraction de la foire de Grenelle, présentée comme «la femme la plus grosse du monde» — donc, “Appollina” par euphémisme —, qui va mettre nos détectives amateurs sur la piste résolutoire. Ci-présentée comme «la femme-canon», on ne peut ne pas penser à une non moins célèbre Mauricia de Thiers, devenue en 1916 l'épouse du critique d'art Gustave Coquiot, dont le portrait fait d'elle par Suzanne Valadon en 1915 (aujourd'hui déposé au musée des Beaux-Arts de Menton) montre que l'ex-cascadeuse commençait à acquérir un certain embonpoint.

Nous aimerions plutôt nous attarder ici sur ce final en coup de théâtre, qui voit notre Benoît Bandan traité de «jettatore». On a tendance à s'en référer, pour cette légende napolitaine im-/rap-portée, à Alexandre Dumas, et à son roman *Le Corricolo* (1835), à Théophile Gautier, et à son roman-feuilleton *Paul d'Aspremont* (1856), en négligeant un vaudeville en trois actes, écrit par un auteur dramatique argentin à ses débuts, Gregorio de Laferrère (1867-1913), originellement resté anonyme, pièce par ailleurs réputée injouable. Or il se trouve qu'une certaine Marguerite Moreno, alors directrice passagère du conservatoire de Buenos-Aires, en fit la traduction, et qu'elle en assura par suite, à partir de 1912, la représentation (merci à Corinne Lebel, de la S.A.C.D., pour cette confirmation, n'en ayant jusque-là trouvé qu'un écho, certes substantiel, dans un article de *Comœdia* de juillet 1912).

Et nous ne saurions mieux conclure qu'avec cette note de Paul Léautaud dans son *Journal* : «Le comédien

Jean d'Aragon, le mari de Moreno, *s'est fait marchand de chevaux* [c'est nous qui soulignons]. Moreno avait bien raison de dire, quand on s'étonnait de la voir épouser ce garçon après avoir vécu avec un homme comme [Marcel] Schwob : "Oh ! vous savez, j'en ai assez, des cerveaux !" ».

Car avec Régis Messac, il faut s'attendre à tout.

ARDINGHERA

Par Gontran Lenoir[1]

Le Quotidien, Paris, mai-juin 1931

1. Ce pseudonyme peut avoir été composé à partir du personnage de Gontran, interprété par le comédien Lenoir dans l'opérette *You You*, de Jacques Ardot (Blanche Girardot, 1892-1937) et Jacques Sirrah (Henry Jacques, 1886-1973), représentée pour la première fois au théâtre de l'Apollo à Paris, le 25 février 1922. ***Toutes les notes sont de l'éditeur.***

1

L'immense hall de la gare Saint-Lazare bourdonnait de bruit, de fumées et de cris. Le sifflet des locomotives, le grondement sourd des trains, le roulement des wagonnets chargés de bagages mêlés à la gigantesque rumeur d'une foule noire et grouillante montaient vers les verrières encrassées pour s'y confondre en une houle confuse.

Sur l'un des quais, du côté « Rome », un train de banlieue se disposait à partir vers Ville-d'Avray. On venait d'atteler la locomotive et les voyageurs affluaient par paquets ou isolément, pressés, nerveux, scrutant de l'œil les compartiments encore ouverts, dans l'espoir improbable de découvrir quelque place assise. Les plus courageux allaient de compartiment en compartiment, levaient le loquet, tournaient la poignée, puis, après un coup d'œil rapide sur les banquettes surchargées, où six ou sept voyageurs des deux sexes étaient tassés dans l'espace destiné à en contenir cinq, ils refermaient la portière avec un claquement sec pour aller recommencer la même expérience un peu plus loin — avec le même résultat.

D'autres, plus philosophes, ouvraient la première portière venue, escaladaient le marchepied, et, sitôt la portière refermée, s'adossaient à l'encadrement et déployaient un journal du soir, faisant ainsi la nuit presque complète dans le compartiment, où le quinquet oléagineux n'était pas encore allumé, car il était six heures du soir, et la nuit tombait vite en ce début d'automne brumeux.

Il ne s'en fallait plus que d'une ou deux minutes que l'heure du départ ne fut arrivée, et de longues théories de dos accotés marquaient les places de toutes les portières; les dernières vagues d'assaut des retardataires, de plus en plus nombreuses, ondulaient et se bousculaient le long du train; l'heure approchait où le gros monsieur apoplectique et essoufflé, qui arrive toujours le dernier à tous les trains de banlieue, va se hisser tout haletant dans le fourgon aux bagages, profitant de la majestueuse lenteur du démarrage.

L'immense hall de la gare Saint-Lazare bourdonnait de bruit, de fumées et de cris.

À ce moment, la porte d'un des rares compartiments qui ne contenaient pas encore de voyageur debout, tout en tête du train, s'ouvrit, et une espèce de grand soldat déguingandé[1] se hissa gauchement dans l'étroit espace laissé vide entre les genoux des voyageurs assis, en faisant claquer la porte derrière lui. Il était vêtu d'un vague uniforme gris bleu et d'un képi grisâtre, tout délavé, mais dont la ganse noire semblait devoir le faire ranger dans la cavalerie. Il écrasa quelques pieds de ses lourdes bottes, chancela, se rattrapa au coin du porte-bagages et trébucha de nouveau sur les pointes de ses voisins immédiats. Les deux voyageurs se turent stoïquement et ramenèrent leurs pieds sous la banquette, en silence, habitués à ces mésaventures.

Mais le soldat avait lâché le porte-bagages de gauche pour glisser d'un mouvement pendulaire vers le porte-bagages de droite; il chancelait encore. Une sorte de hoquet le souleva; il virevolta sur lui-même et s'affaissa grotesquement sur le canapé de la portière, comme un pantin dont on a cassé les ficelles, le buste cassé, les bras ballants.

— Non! qu'est-ce qu'il tient, le frère! dit un ouvrier en cotte noire et à moustaches grises, d'un ton grasseyant.

— Quelle muffée! renchérit un petit vieux à binocle, aux allures étriquées de petit employé.

1. Régis Messac adapte ici l'orthographe de *dégingandé* [de.ʒɛ̃.gɑ̃.de] à la prononciation [de.gɛ̃.gɑ̃.de] en usage dans certains parlers populaires régionaux, notamment en Saintonge, mais contestée par l'Académie française. Voir: Louis Remacle, *Orthoépie, essai de contrôle de trois dictionnaires de prononciation française*, Liège, bibliothèque de la Faculté de philosophie et lettres de l'université de Liège, 1994, p. 15. Voir aussi: Napoléon Landais, *Dictionnaire général et grammatical des dictionnaires français*, t. 1er, Paris, 1834, p. 743.

Au même instant, les quinquets s'allumaient. Le train démarra. L'homme, ballotté par les premiers chaos, sembla secoué par un nouveau hoquet. Il se redressa lentement, doucement, s'agrippa du bout des doigts au rebord de la portière, puis s'affaissa tout doucement sur ses talons, comme une lanterne vénitienne qui se replie.

— Hé là ! mon vieux, dit l'ouvrier, qui se trouvait dans un des coins, et tout proche de lui, faudrait voir à pas tomber dans les pommes. Tiens, prends ma place ; assieds-toi, ça se passera. Vas-y, va, fais pas de façons ; je suis plus d'aplomb que toi et tu nous em… bêtrais trop si on te laissait faire.

… le train, tressautant sur les plaques tournantes, franchissait l'emplacement où fut jadis le tunnel des Batignolles et se dirigeait vers la banlieue.

Il avait pris le pochard sous les aisselles et l'asseyait à sa place, dans un coin. On vit alors, aux dernières lueurs du jour qui, par la portière dégagée, venaient se mêler à la lueur indécise des lumignons, la face de l'inconnu, renversé en arrière, affreusement pâle, avec des yeux blancs chavirés. Un filet de rouge, partant du coin des lèvres, coulait sur son menton.

— Mais, dit un jeune homme au profil en bec-de-corbin, qui, les poings fermés sur un parapluie mal roulé, était assis presque en face de l'ouvrier, ce n'est pas du vin qu'il a sur la figure, c'est du sang.

— Du sang ? Tu veux rire, petit ! Je sais ce que c'est qu'une muffée, peut-être !

— Mais si, c'est du sang ! — Mais oui, voyez comme il est pâle ! — Du sang ? Pas possible ! — Mais qu'est-ce que ça veut dire ?

Les voix des voyageurs affolés se croisaient dans cet étroit espace tandis que le train, tressautant sur les plaques tournantes, franchissait l'emplacement où fut jadis le tunnel des Batignolles et se dirigeait vers la banlieue. On se bousculait, on s'empressait autour du soldat toujours immobile et qui semblait parfaitement dépourvu de sentiment. L'ouvrier, rencogné contre la portière, le regardait avec ahurissement. Le jeune homme au profil en bec-de-corbin avait lâché son parapluie, et, penché sur le faux ivrogne, défaisait les premiers boutons de la tunique. Il défit la cravate bleue, entrouvrit la chemise, et, écartant les vêtements, mit à découvert l'épaule du malheureux. On aperçut alors, à peine plus bas que la naissance du cou, une petite tache étroite, à peine sanglante…

— Un coup de poignard, dit le jeune homme.

Cette fois ce fut le silence. Tous les occupants du compartiment se regardaient atterrés. Le vacarme du train emplissait leurs oreilles et leur rendait la scène encore plus irréelle. Ils croyaient rêver.

— Mon dieu ! Qu'est-ce qu'on va faire ? gémit le petit employé. Il ne va pas comme ça nous claquer dans les mains.

Le jeune homme aux traits accentués qui semblait avoir pris la direction des opérations se pencha tout à fait sur le blessé, dont les autres s'écartaient avec terreur, et posa son oreille sur la poitrine du malheureux.

— Nous claquer dans les mains ? dit-il en se redressant. Je crois que c'est déjà fait. Le cœur vient de cesser de battre à l'instant.

Cette fois, ce fut un concert d'exclamations.

— Mort ! Il est mort ! — Mais c'est incroyable ! — Impossible ! — Mais qui l'a tué ? — Il est pourtant monté en wagon ! — En plein vingtième siècle !

Le médecin légiste improvisé s'était rassis. Un pli profond barrait son front d'une ligne perpendiculaire.

— Cet homme a été tué d'un coup de poignard, dit-il d'un ton calme, quand le premier brouhaha se fut un peu calmé. On l'a poignardé au moment précis où il montait en wagon.

— Mais ce que vous dites là ne tient pas debout, rétorqua un monsieur corpulent et imposant, qui portait deux rubans violets en cascade, l'un à la boutonnière de son pardessus, l'autre à celle de son veston. Si on l'avait poignardé, comme vous le dites, il n'aurait guère pu monter dans la voiture.

Le reste du compartiment fit entendre un grognement approbateur qui se perdit dans la rumeur du train.

— Pas nécessairement, dit le jeune homme en haussant la voix pour être entendu de tous. Beaucoup de blessures graves ne sont pas nécessairement senties comme telles, au moins pendant quelques secondes. Elles laissent au sujet le temps d'exécuter quelques réflexes, et même de continuer les mouvements conscients déjà commencés. C'est bien connu. On cite le cas de chasseurs qui ont eu le temps de tirer et de tuer le tigre ou le lion qui venait de leur infliger une blessure mortelle.

— Il n'aurait pas eu le temps de monter dans le train, dit le monsieur décoré, d'un ton convaincu.

— On n'en sait rien. Il n'y a généralement pas de trains dans le désert, ni dans la jungle.

— Mais enfin, dit le petit employé d'un ton plaintif, il a bien dû voir qu'on le poignardait ?

Le jeune homme au parapluie ne répondit pas.

Le monsieur important et décoré ouvrait la bouche pour en laisser tomber quelque argument de poids, lorsque les lueurs fulgurantes des lampes à arc, sabrant la nuit désormais définitivement tombée, révélèrent par la portière un dédale compliqué de voies, d'aiguillages, de quais, de marquises aux fines dentelures de fer. Le train avait traversé Levallois sans s'arrêter. On venait d'arriver dans Asnières.

2

Dans l'étroit couloir aux murs sales, aux boiseries chocolat, aussi peu différent que possible d'une salle d'attente, qui servait de bureau au commissaire spécial[1], le cadavre de l'inconnu reposait sur un brancard placé dans le fond de la pièce, près du bureau chargé de paperasses. Le groupe de cinq ou six personnes s'empressait autour de lui.

Outre le commissaire, il y avait là un médecin requis en hâte, tout jeune homme à moustache blonde, un ou deux employés, et deux voyageurs, le jeune homme au parapluie et le monsieur au double ruban violet. Les autres voyageurs avaient demandé à continuer leur route après avoir laissé leur nom et leur adresse.

Le médecin venait d'établir que le décès était dû à une perforation du poumon suivie d'hémorragie interne ayant déterminé la mort par asphyxie. L'arme du crime ? Un poignard, très probablement, mais de forme singulière, très fin et très affilé.

Peut-être un examen plus approfondi permettrait-il de préciser davantage. Pour le moment le commissaire,

1. Commissaire de police affecté à la surveillance d'un réseau de voies ferrées ou d'une partie seulement ; à Paris, principalement en tête des grandes lignes.

l'homme de l'art et les voyageurs discutaient sur l'identité de la victime et les circonstances du crime. Les poches du cadavre avaient été trouvées absolument vides.

— La première chose à faire maintenant serait évidemment de préciser l'identité de la victime, dit languissamment le commissaire en s'appuyant avec nonchalance sur le coin de son bureau, mais…

Il haussa les épaules et laissa sa phrase inachevée.

— Mais ? questionna le monsieur important, avec une voix qui sonna comme un gong, qu'est-ce donc qui vous arrête, monsieur le commissaire ? Nous pouvons, dès maintenant, deviner facilement une partie de cette identité. Nous devinons que c'est un soldat.

— En le voyant sous l'habit militaire, acheva le commissaire avec un faible sourire.

Le train avait traversé Levallois sans s'arrêter. On venait d'arriver dans Asnières.

C'était un homme encore jeune, mince et pâle, aux paupières fatiguées et, comme quelqu'un qui veille beaucoup et travaille beaucoup aux lumières.

— Mais monsieur, reprit-il, monsieur… excusez-moi, mais quel est votre nom déjà ?

— Cascaret, monsieur, Claudien Cascaret, pour vous servir. Et je ne demanderais pas mieux que de vous servir monsieur ! Quoique très absorbé par mes fonctions de vice-président de la Société générale philharmonique de Bécon-les-Bruyères, je ne laisse pas de m'intéresser à la criminologie.

— Ah ! dit le commissaire d'un ton poli.

— Oui, monsieur ! dit Claudien Cascaret d'un air avantageux, en bombant son torse ventru. Je suis l'auteur, je ne m'en cache pas, de la célèbre brochure sur *Les Tares d'hérédité criminelle chez Guillaume II* dont Léon Daudet a fait grand état dans *L'Action française*.

— Ah ! ah ! fit encore poliment le commissaire.

— Ainsi, vous le voyez, je ne suis pas totalement un *outsider* (il prononçait *houtte ci daire*), et comme je disais, il me semble que ce malheureux jeune homme… hum, heu, je veux dire, c'est un cavalier ! On voit ça du premier coup. Et il n'y a plus tant de régiments de cavalerie aujourd'hui !

Il poussa un soupir de regret patriotique en hochant la tête.

— Oui, monsieur, dit le commissaire, je vois ce que vous voulez dire, et j'y avais déjà songé. Nos esprits se sont rencontrés.

Il s'inclina poliment et Claudien Cascaret lui rendit son inclination autant que sa corpulence le lui permettait.

— Mais ces remarques toutes générales ne nous sont pas d'une grande utilité en l'occurrence. Avez-vous remarqué que l'uniforme de ce soldat ne porte aucun numéro, ni sur le képi, ni sur le collet de la tunique ?

— Vraiment ? dit monsieur Cascaret. Ah ! la discipline s'en va. De mon temps, l'adjudant de semaine ne nous aurait pas laissé sortir du quartier comme ça. Pas de numéro ! Vraiment, je me demande ce qui arriverait si nous avions une nouvelle guerre ! Vous pouvez être sûr que les Boches en ont, eux, des numéros !

— Bien mieux, poursuivit le commissaire, sans paraître prêter attention à ce discours martial, la nature de l'uniforme ne nous permet aucunement de préjuger quelle est exactement l'arme à laquelle appartenait le défunt. Il est bien vrai qu'il porte des bottes semblables à celles de certains sous-officiers ; mais, chez un soldat, c'est de la fantaisie, et des bottes de ce genre pourraient appartenir aussi bien à un civil.

« En fait, n'était le képi dont il est coiffé, rien n'indiquerait d'une manière absolument nécessaire que cet homme appartienne à l'armée. Il a une cravate bleue, mais c'est une cravate de sport, et non une cravate réglementaire ; sa vareuse grise pourrait être aussi bien une vareuse de chasse, ou une de celles que l'on distribuait aux démobilisés, et dont il est encore quelques-unes en usage. Son pantalon n'est aucunement militaire : c'est du velours beige très fin ; les basanes sont soigneusement cousues ; en fait, c'est presque un vêtement de luxe…

« En un mot, je le répète, bien que l'ensemble suggère indéniablement l'idée d'un militaire, dans le détail, nous ne trouvons presque rien qui soit de nature à préciser cette indication vague et générale, beaucoup trop vague et trop générale.

Le commissaire se tut un instant, l'air pensif, puis il reprit :

— Vous le voyez, messieurs, je vous parle en confiance. Je vous indique quelles seront en somme les grandes lignes de mon rapport. Mais au cas où vous auriez remarqué quoi que ce fût de particulier, je vous serais infiniment obligé de me l'indiquer.

Le médecin saisit cette occasion de déclarer qu'il n'avait rien à ajouter à ses premières constatations, et prit congé.

M. Claudien Cascaret redressa sa courte taille, toussa fortement : hem ! hem ! Puis il énonça avec pompe :

— Tout cela est bien regrettable et, en vérité, si l'adjudant du quartier avait fait son devoir, nous serions mieux renseignés. Aujourd'hui, tout dégénère, même les adjudants ! Vous pouvez mettre cela dans votre rapport.

— Êtes-vous bien sûr que l'adjudant du quartier soit nécessairement mêlé à cette affaire ?

Le commissaire et le criminologiste amateur se tournèrent avec étonnement vers le jeune homme au profil accentué, qui, demeuré jusque-là silencieux, venait de prendre soudain la parole.

— Que voulez-vous dire, monsieur ? demanda le commissaire d'un air légèrement intrigué.

— Mon Dieu, à peu près ce que vous avez dit vous-même. Vos observations sont excellentes, monsieur le commissaire ; il suffit d'en tirer les conséquences logiques pour parvenir à la vérité — ou à une partie de la vérité. Il est exact que ce malheureux n'a rien qui le désigne nécessairement comme un militaire. Allons plus loin, allons jusqu'au bout : il n'est pas militaire du tout !

— Quoi ! s'écrièrent d'une seule voix le commissaire et Claudien Cascaret.

— Il n'est pas plus soldat que vous et moi, affirma le jeune homme avec force. Il est facile de s'en assurer. Tous les effets militaires portent un numéro matricule imprimé à l'encre grasse, sur la doublure, généralement.

— C'est vrai, dit le commissaire en se mordant les lèvres, j'aurais dû y penser.

— Retournez la ceinture de la culotte, je suis persuadé que vous n'y trouverez pas l'ombre d'un numéro.

Le commissaire regarda son interlocuteur avec des yeux qui, malgré la fatigue, étaient cette fois largement ouverts. Puis il bondit vers la civière, et, s'y agenouillant, rabattit vivement le rebord supérieur du pantalon du cadavre. Au bout d'une seconde, il se redressa en faisant entendre un petit sifflement, jeta un coup d'œil surpris sur le jeune voyageur, puis détourna son regard et se mit à épousseter les genoux de son pantalon.

— Vous aviez raison, monsieur, pas de trace de numéro. Et…

Il s'interrompit, revint au cadavre, et se mit à examiner la doublure de la vareuse. Rien non plus sur la vareuse… et quant au képi…

Il saisit la coiffure en question et revint près de la lampe qui se balançait au bout d'un fil juste au-dessus de son bureau pour examiner de plus près l'intérieur du couvre-chef. Il secoua la tête.

— Rien non plus sur le képi.

— Rien, monsieur le commissaire, dit le jeune homme en s'approchant ; rien, c'est vrai ; mais ne voyez-vous pas que ce rien est significatif ? Vous permettez ?

Sans attendre la réponse, il prit la coiffure des mains du commissaire ébahi, et, du ton d'un chef de laboratoire parlant à des étudiants :

— Voyez cette coiffure comme elle est mal faite, sans forme. C'est bâti sur carton, à peine doublé ; la visière est en je-ne-sais-quoi verni, incapable de résister à la pluie. Il y a une ganse noire qui fait le tour du bord supérieur, et c'est ce qui suggère d'abord l'idée que c'est un képi de cavalerie, car les chasseurs ont parfois des ornements semblables. Mais cette ganse-là est en toile cirée — pas même en imitation toile cirée ; elle ne tient qu'à un fil. Assurément, les fournisseurs de l'armée ne se gênent guère, bien souvent, pour livrer des fournitures défectueuses ; mais je doute pourtant qu'il se trouve beaucoup d'officiers d'habillement pour accepter une pareille pacotille. Si c'est un képi, quel képi ! Mais, en fait, ce n'est pas un képi.

— Pas un képi ! Alors, qu'est-ce que c'est ?

Le jeune homme au nez busqué promena sur ses deux auditeurs un regard où brillait une lueur d'ironie qui s'éteignit bien vite, et laissa tomber d'un ton doctoral :

— Ce que c'est ? C'est un accessoire de cotillon !

Le commissaire spécial et monsieur Claudien Cascaret s'étaient redressés tous les deux avec un haut-le-corps.

— Vous vous moquez, monsieur, proféra dignement l'officier d'Académie.

— Oh ! dit bonifacement le jeune homme, moi, je ne suis pas contrariant. Si vous ne voulez absolument pas que ce soit un accessoire de cotillon, mettons que c'est un jouet. Un simple joujou. Un képi de cavalerie ? Non, un képi de panoplie. Une de ces panoplies qu'on offre encore aux enfants, à Noël ou au jour de l'An. Drôle d'idée, soit dit entre parenthèses. Ils auront bien le temps d'en porter des képis, et des vrais, les pauvres gosses !

— Monsieur, dit Claudien Cascaret avec une froide dignité, le ton dont vous parlez de certaines choses qui me sont sacrées serait une offense s'il n'était évident que vous n'avez plus toute votre raison. Sachez pourtant, monsieur, pour votre gouverne, que j'ai fait tout mon service dans les hussards ! (Il disait vrai, mais il oubliait d'ajouter qu'il n'avait jamais cessé de faire partie de la musique.) Et, pour un hussard, il y a certaines choses... Mais suffit ! Soyons indulgents !

Pendant ce discours verbeux, le commissaire s'était un peu ressaisi, et il dit posément :

— Monsieur, si vous vouliez vous exprimer d'une manière moins paradoxale, nous pourrions peut-être trouver une indication utile dans vos paroles.

Le mystérieux jeune homme sourit.

— Monsieur le commissaire, vous avez raison, et j'ai tort. J'ai encore gardé, à plus de trente ans, un penchant déplorable pour la mystification. C'est vraiment bien puéril, et je m'en excuse. Je voulais dire simplement ceci. Ce képi, c'est clair, n'est pas un vrai képi. Et comme c'est la seule partie indiscutablement militaire de l'équipement de ce pauvre diable, comme ses effets, vareuse, bottes, culotte, pourraient appartenir à n'importe quel homme de cheval et, par conséquent, être des effets civils… que dis-je ? Ce *sont* des effets civils, c'est hors de doute. Il s'ensuit que ce militaire, n'ayant rien sur lui de vraiment militaire, n'est pas un vrai militaire. En d'autres termes, c'est un civil. Je ne sais si je me suis bien fait comprendre ? Je me suis efforcé de mettre mes raisonnements à la portée même d'un hussard.

Claudien Cascaret lui jeta un mauvais regard, mais se tut.

— Mais, dit le commissaire, si ce n'est pas un soldat, qui est-ce ?

— Ah ! voilà ! Qui est-ce ? N'importe qui ! Tout ce qu'on voudra. On pourrait trouver bien des réponses, avec un peu d'imagination. Mais ce ne sont pas des imaginations que vous demandez, je suppose ?

— Mais c'est absurde, c'est invraisemblable. On ne se promène pas à six heures du soir dans une gare avec un képi sur la tête, quand on n'est pas soldat. Et pour aller se faire assassiner encore ? Mieux vaut supposer, après tout, que, pour une raison ou pour une autre, ce soldat portait des effets non marqués. Autrement, pourquoi se serait-il habillé ainsi ?

Le jeune homme haussa des épaules.

— Pourquoi ? Mille réponses possibles, là aussi. Pourtant, j'en vois une très générale, qui offre une certaine vraisemblance. Il pouvait être déguisé.

— Déguisé ? Se déguiser en soldat pour aller se faire tuer ! Je le répète, c'est fou. Nous sommes fous de discuter une chose pareille. Ou bien, alors, c'est le soi-disant soldat qui était fou.

— Ou saoul, dit froidement le jeune homme.

— Vous dites ? fit le commissaire, interloqué.

— Je dis : saoul. Vous avez dit : fou. Oui, il devait être fou ou saoul. Pour fou, malheureusement, c'est difficile à savoir. Le cadavre d'un fou ne diffère pas sensiblement de celui d'un homme raisonnable. Il est même parfois difficile de distinguer les deux espèces pendant la vie…

— Ah ça ! Il commence à nous agacer celui-là, avec ses phrases sentencieuses, dit Claudien Cascaret en aparté, mais assez haut pour être entendu.

— Mais pour saoul, poursuivit imperturbablement l'étrange voyageur, c'est plus facile à vérifier. S'il a bu immédiatement avant de mourir, on retrouvera certainement l'alcool absorbé dans son estomac. Il faudra attirer l'attention sur ce fait dans votre rapport, monsieur le commissaire, pour que le médecin chargé de l'autopsie n'oublie pas de vérifier ce détail.

À ce moment, Claudien Cascaret, qui donnait depuis quelque temps des signes non équivoques d'agitation, prit le commissaire à part et se mit à lui parler bas avec force gesticulation.

— Monsieur le commissaire, disait-il, il n'y aurait rien de surprenant à ce que cet individu fut lui-même un fou. Il en a toutes les allures. Cependant, je ne le crois pas. Ce n'est pas pour me vanter, mais je me crois doué d'un certain flair policier. D'ailleurs Léon Daudet me l'a dit, Léon Daudet m'apprécie fort et a utilisé plus d'une fois mes suggestions pour découvrir au public le vaste piège ourdi sur notre patrie par cette araignée qu'on appelle la main de l'Allemagne. Là est tout le secret de l'affaire, monsieur le commissaire. Avez-vous remarqué que cet individu est fortement dolichocéphale ? Il est très brun, c'est vrai, mais c'est probablement de la teinture. Ou une perruque. Pour moi, il n'y a pas de doute : c'est un espion boche, et même un ancien officier, un hobereau ; il en a toute la tournure. Il a certainement poursuivi ce malheureux soldat — car c'est bien un soldat —, un soldat porteur de documents concernant la défense nationale — afin de les lui voler. Et maintenant, avec une infernale habileté, il essaie d'égarer la justice sur une fausse piste. Voulez-vous un conseil d'ami ? Faites-le arrêter tout de suite. Si vous le laissez en liberté, savez-vous où il ira ? Droit vers le Rhin ! Ou plutôt, non : en Hollande, là où l'Ogre de Doorn[1], tapi comme un tigre au milieu de sa toile d'araignée, se lèche les babines en aiguisant son bec de vautour pour le prochain carnage. Croyez-moi, monsieur le commissaire, pas un moment à perdre !

Le commissaire était fort perplexe. Que le jeune homme fut un espion de l'ex-kaiser, il ne le croyait guère.

Mais il y avait sûrement une troublante ambiguïté dans ses réponses, et il avait l'air singulièrement bien informé, trop bien informé. Comment avait-il pu savoir qu'il n'y avait pas de numéro sur les vêtements du cadavre ? Il lui avait été matériellement impossible de faire cette vérification. Le cadavre n'était jamais resté seul, et d'ailleurs, l'individu suspect n'avait pas cherché à s'en approcher.

1. GUILLAUME II (1859-1941) : Dernier roi de Prusse et dernier empereur allemand (1888-1918). On l'appelle communément le *kaiser* (du moyen haut-allemand *Keiser*, dérivé du latin *caesar*, en français *césar*, empereur romain). Dès son accession au trône, en accord avec l'opinion publique de son pays, il engagea l'Allemagne dans une politique nationaliste, expansionniste et colonialiste. Après son abdication, le 9 novembre 1918, il se réfugia à Doorn (Pays-Bas). Il y vécut en exil jusqu'à sa mort, sous la protection de la reine Wilhelmine.

En cet estrif, le jeune commissaire résolut de se débarrasser d'abord poliment du bourgeois patriote, qui ne pouvait évidemment lui être d'une quelconque utilité, et d'examiner ensuite la question tout à son aise, et peut-être de la régler.

— Monsieur, lui dit-il avec une extrême affabilité, je vous sais un gré infini des peines que vous prenez pour éclairer la justice. Soyez convaincu que vos indications seront accueillies avec reconnaissance et examinées avec toute l'attention qu'elles méritent. Mais je suis persuadé que vos importantes occupations ne vous permettent pas de rester plus longtemps éloigné de votre domicile, et je m'excuse même d'avoir si longtemps abusé de vous et gaspillé vos précieux instants. Ainsi donc, au revoir, et merci encore une fois.

— Mais pas du tout, monsieur le commissaire, nullement, trop heureux d'être utile à la justice de mon pays. Cependant, je crois que je vais profiter de votre aimable autorisation, car il se fait tard, et ma femme…

Ce disant, il se laissa tout doucement pousser vers la porte, où le commissaire et lui se séparèrent, non sans réitérer derechef leurs mutuelles congratulations.

La porte une fois refermée sur l'importante personne de Claudien Cascaret, le fonctionnaire revint vers le milieu de la salle et considéra avec indécision le soi-disant espion. Celui-ci était resté planté à sa place, immobile comme un terme, fixant avec attention le bec-de-corbin de son parapluie, moins busqué que son nez.

— Mais non, monsieur le commissaire, je ne suis pas un espion de l'ex-kaiser, dit-il tout à coup.

— Mais qui vous parle de cela ? dit le commissaire.

— Oh ! j'ai bien entendu ! Ce brave monsieur Cascaret fait des apartés comme à la Comédie française : on l'entendrait des troisièmes galeries. Mais monsieur, vous savez déjà qui je suis : je vous ai remis ma carte tout à l'heure. Elle est là, sur ce bureau, avec la feuille où vous avez inscrit le nom des autres témoins.

Le commissaire se mordit les lèvres. C'est vrai ; il n'y pensait plus. Il prit sur son bureau la carte du singulier personnage. C'était un bout de carton très quelconque, où l'on lisait, gravés en caractères très quelconques, ces simples mots :

BENOÎT BANDAN
Étudiant en droit

3

— Monsieur, dit le commissaire, croyez bien qu'il n'est pas dans mes habitudes d'accuser à la légère.

— D'accuser, non, mais peut-être soupçonnez-vous...

Le commissaire fit un geste évasif :

— Je crois qu'il ne me faut écarter aucune hypothèse.

— Assurément. Eh bien ! examinons l'hypothèse de ma culpabilité. Supposons que j'aie tué cet inconnu. Quand ? Comment ? Pourquoi ? Et d'abord quand ? Je ne l'ai jamais approché avant qu'il fût mort, ou tout au moins frappé à mort.

— Pardon, n'étiez-vous pas un de ceux qui étaient placés le plus près de lui, lors de son entrée dans le compartiment ?

— Non, c'est inexact. J'étais arrivé quelques minutes auparavant seulement, et tous les coins étaient pris. J'occupais une des places du milieu. Je me suis approché de la victime, c'est vrai, mais seulement après qu'il se fût affaissé sur lui-même. J'avais cru remarquer quelque chose d'anormal dans son attitude. Il ne titubait pas comme un ivrogne, mais s'affaissait tout d'une pièce, comme un mannequin. Quand on l'eut assis — mais ce fut un autre voyageur qui s'en chargea — j'ai découvert la blessure et mis l'oreille sur sa poitrine juste à temps pour percevoir les battements du cœur. Au reste, aucun de ceux qui étaient dans le wagon n'en savait et n'en sait plus que moi. Non, vraiment, voyez-vous, il ne faut exclure *a priori* aucune hypothèse, certes, mais je crois que, dans le cas présent, c'est perdre son temps que de chercher le coupable parmi les voyageurs qui emplissaient ce compartiment. L'homme était déjà frappé à mort quand il a escaladé le marchepied.

— Vous en paraissez bien sûr. Comment pouvez-vous être aussi affirmatif ? Et comment se fait-il que vous ayez été le premier à comprendre qu'il ne s'agissait pas d'un vulgaire ivrogne ? Car tous les autres voyageurs s'y sont trompés. Vous êtes donc singulièrement doué sous le rapport de l'observation ? Ou bien vous saviez déjà quelque chose ? Vous avez déjà vu la victime ? Vous la connaissez peut-être ?

Benoît Bandan sourit.

— Les questions que vous me posez maintenant sont beaucoup plus habiles — et parfaitement légitimes. Je ne puis y répondre qu'en me faisant connaître davantage. Je n'ai jamais vu la victime. Je n'en sais réellement pas plus que vous. Je suis, comme ma carte vous l'indique, étudiant en droit.

— Étudiant ? c'est singulier ; j'aurais juré que vous aviez au moins trente ans.

— J'ai même un peu plus. Je vois qu'il faut tout vous dire, quoique je n'aime guère les confessions. D'habitude, je préfère laisser cela aux héros des romans russes. En deux mots, voici. Mon père était receveur des finances. Il est mort alors que j'avais deux ans, laissant ma mère toute jeune et seule, sans parents. Elle s'est remariée avec un magistrat : M. Raymond Mabout, premier président au tribunal de…

— Oh, oh ! dit le commissaire, dont la physionomie s'éclaira. M. Raymond Mabout est votre beau-père. Que ne le disiez-vous tout de suite !

— Ma mère, poursuivit imperturbablement Benoît Bandan, avait toute sa fortune personnelle en fonds russes. Dès les premières années de la guerre, elle s'est donc trouvée entièrement dépendante de son second mari. Par là même, je ne pouvais compter que sur moi, car je ne voulais vivre aux crochets de personne. Je suis donc devenu étudiant en droit.

— Quoi, tout de suite après la guerre ?

— Et je le suis encore. Je vois ce que vous voulez dire : je dois mettre un certain temps à passer mes examens. Ça, c'est vrai. Que voulez-vous, ç'a longtemps été comme un sort ; il est toujours arrivé que les jours où je devais passer mes examens, il faisait un soleil splendide. Naturellement, j'avais une envie folle d'aller me promener. Alors, j'allais me promener. J'adore le soleil, monsieur. Impossible de me résigner à aller m'enfermer dans une bâtisse toute noire comme la faculté de Droit un jour de beau temps. Je laissais les tangentes[1] s'égosiller à m'appeler et les professeurs tempêter.

— C'est égal, voilà bien au moins dix ans que ça dure, cette histoire-là ?

— Pas tout à fait. Il y a eu un interrègne, monsieur. Après avoir réussi à décrocher les quatre cinquièmes et

1. TANGENTE, s. f., *vieilli* : Surveillant de collège (Georges Delesalle, *Dictionnaire argot-français & français-argot*, préface de Jean Richepin, Paris, Paul Ollendorff, 1896, p. 279).

demi de mon bachot de droit, je ne sais trop comment (il y avait eu plusieurs étés pluvieux), j'en ai eu plein le dos des études, et je suis parti en province, où, pour vivre, j'ai exercé quelque temps en qualité d'agréé[1]. Des amis m'avaient procuré la place.

— Pourquoi êtes-vous revenu à Paris ?

— À la suite de certaines circonstances qu'il serait trop long de vous énumérer, j'ai pris goût, non pas au droit, mais à la criminologie.

— Vraiment ?

— Oui, monsieur le commissaire. J'ai même contribué à débrouiller une affaire assez compliquée. Avez-vous entendu parler de l'affaire des faux testaments de Buch ?

— Oui, mais oui ! Alors, c'est vous qui… ?

— Oui, c'est moi qui. Cela vous explique, n'est-ce pas, que je sois un peu plus observateur qu'un flûtiste, et c'est pourquoi je m'intéresse à cette affaire. Cela vous explique aussi pourquoi, désirant me spécialiser dans cette branche, j'ai voulu avoir ces diplômes tant méprisés jadis. Soyez tranquille, monsieur ; je vais les avoir. Je suis sur le point de devenir un homme sérieux. Je fais des infidélités au soleil. Hélas ! je vieillis.

Benoît Bandan soupira. Le commissaire avait complètement changé d'attitude.

— Monsieur, dit-il, ces explications sont plus que suffisantes. Ma famille connaissait le président Mabout. Je l'ai connu moi-même quand j'étais enfant. Je m'appelle Robert Massion. Peut-être avez-vous entendu prononcer mon nom ?

1. AGRÉÉ, s. m. : Juriste qui, avant la réforme de 1971, remplissait les fonctions d'avoué et d'avocat auprès d'un tribunal de commerce.

— Certainement, je l'ai entendu prononcer par mon beau-père… avec éloge.

— Je m'excuse infiniment de vous avoir posé toutes ces questions, mais, vous comprenez…

— Mais vous n'avez fait que votre devoir. Vous ne pouviez faire autrement. Il fallait bien déblayer le terrain. Mais maintenant qu'il est déblayé, et que vous ne me soupçonnez plus… M. Cascaret vous a offert ses conseils. Me permettez-vous seulement quelques suggestions ?

— Mais tant que vous voudrez. Dans mon métier, on doit tout écouter et ne négliger aucun moyen d'information. Cependant, je ne dois pas cacher que je suis loin de diriger cette enquête. Elle va être confiée à un juge d'instruction, à la police régulière. De plus, je ne suis même pas titulaire de mon poste. Je ne suis ici que par intérim.

— Soit. Mais le hasard vous a mis en situation de rédiger un rapport qui sera très important, car il servira de point de départ aux recherches. Et il sera souvent fait appel à votre témoignage. Cette affaire si bizarre est appelée à avoir un grand retentissement. Pour peu que vous fassiez preuve de perspicacité…

— Oh ! je ne demande pas mieux. Mais comment faire preuve de perspicacité ? Vous êtes donc capable, à l'instar de Sherlock Holmes, de nous éclaircir complètement le mystère sans sortir d'ici, par la seule inspection des bottes du cadavre ?

— Ne plaisantez pas. Ce n'est là qu'un idéal, sans doute. Mais, théoriquement, il n'est pas irréalisable. Tout se tient et l'histoire de cet homme est très certainement inscrite sur sa personne, lisible pour quiconque saurait la lire. Mais que de choses il faudrait savoir pour déchiffrer ce genre de hiéroglyphes ! Tout, ou à peu près tout. Voyez, rien que le costume : chaque vêtement nous dirait un fragment de l'histoire, si nous savions le faire parler. Les bottes : si je connaissais tous les bottiers de Paris, et leurs procédés, et leurs habitudes, je pourrais sans doute vous dire à l'instant qui les a faites — si toutefois ce sont des bottes faites sur mesure.

« Si elles ont été fabriquées en série, je verrai du premier coup, quel est le genre de la fabrication, de quel centre elles viennent, je saurai quels sont les dépositaires qui les vendent. *Idem* pour la tunique et le pantalon. Si je connaissais tous les tailleurs de Paris, et tous les fripiers… *idem* pour le képi. Si je connaissais tous les magasins de jouets et d'accessoires, si j'avais dans la tête le Bottin des fabricants et des ouvriers qu'ils emploient…

« Et le corps lui-même. Quel que soit cet homme, c'est certainement un homme de cheval… cela se voit à la position des jambes, caractéristique, même dans la mort. Si je connaissais à fond les champs de courses et les cirques, et les maquignons, les jockeys et les écuyers professionnels…

— Évidemment, vous auriez déjà reconnu le bonhomme, fit le commissaire d'un air déçu. Avec des si… mais si c'est là tout ce que vous avez à me dire ! Je croyais que vous alliez m'offrir la clef de l'énigme.

— La clef de l'énigme, non. Mais… on doit tout écouter.

— Eh bien ! J'écoute.

— Excusez-moi d'avoir été un peu pédant ; j'ai cédé à la tentation d'enfourcher mon dada. Mais lorsque vous m'avez interrompu, j'allais ajouter que l'on peut suppléer à l'ignorance — du moins en partie — par la patience. Ce qu'on ne sait pas, on cherche à l'apprendre. Je ne sais pas par cœur le nom de tous les bottiers et de tous les tailleurs, mais je puis me renseigner, et faire le tour des bottiers et des tailleurs.

— Mais, monsieur, c'est le rôle de la police, et vous pouvez compter que cela sera fait.

— Pour les bottiers et les tailleurs, c'est probable ; aussi je ne m'amuserai pas à le faire ; mais pas pour tout. Je ne suis pas de ceux qui se moquent de la police officielle. Elle rend de grands services. Mais les moyens d'action de ceux qui la font sont limités de tous côtés, comme une île. D'abord par leurs chefs, et par le fait qu'ils sont fonctionnaires. Si les agents de la Sûreté laissent souvent des énigmes sans solution, ce n'est pas parce qu'ils sont incapables de les résoudre, mais plutôt parce qu'on ne leur accorde ni le temps ni l'argent nécessaires. On les emploie à plusieurs enquêtes à la fois, on lésine sur les frais de voiture.

« Êtes-vous bien sûr qu'on fera le tour de *tous* les bottiers ? On tâchera de couper au plus court. On vise à l'économie. Et puis, comme tous les techniciens et tous les fonctionnaires, les policiers sont guettés par la routine. En présence d'un mystère, ils font les gestes habituels : ils suivent l'ornière. Ça réussit d'ailleurs assez souvent, et ça a l'avantage de les empêcher d'être déconcertés. Mais un amateur qui n'aura pas l'habitude du métier bénéficiera de son inexpérience même, qui le conduit à inventer des méthodes inédites. Il pourra réussir où les officiels auront échoué, simplement parce qu'il ne sera pas aveuglé par les préjugés. D'autant plus que, de par leur recrutement, les policiers français manquent fatalement de cette chose précieuse qu'on appelle la culture générale, chose précieuse dans tous les métiers, plus précieuse encore peut-être dans celui-là. Dans le cas présent, par exemple, il y a toutes les chances du monde pour qu'un policier ordinaire commence par raisonner comme M. Cascaret : il voudra à toute force que ce mort ait été un soldat, malgré l'évidence.

— L'évidence ? Quelle évidence ?

— Mais, celle du képi, du képi de pacotille, sans numéro, sans jugulaire, sans doublure. Moi, voyez-vous, je commencerais par chercher de ce côté. Moi aussi je suis homme, et faible, et limité dans mes moyens, et je cherche les raccourcis. Je crois que ce sont les recherches sur ce couvre-chef qui présenteraient la ligne de moindre résistance. Si je pouvais, je prendrais cette coiffure et je ferais le tour des grands magasins, pour commencer.

— Impossible ! Impossible ! Vous n'allez pas me demander de dérober une pièce à conviction pour vous la confier !

— Oh ! non, je sais aussi bien que vous à quoi vous vous exposeriez, maintenant que je fais sérieusement mon droit. Mais, tenez, monsieur, vous avez intérêt, vous aussi, à éclaircir cette affaire. Si j'étais à votre place, je pourrais faire bien des choses, même dans les limites de la loi, dans celles du règlement.

— Lesquelles ?

— Oh ! je ne demande pas mieux que de vous communiquer mes vues. Je ne suis pas réticent, comme les policiers de romans, parce que je ne suis pas sûr de moi, comme ils le sont. Aussi, vous le voyez, je ne demande qu'à bavarder. Eh bien ! il y a des choses que l'on pourrait faire dès maintenant. S'assurer que l'homme avait vraiment l'habitude de monter à cheval, par exemple. Malgré son costume de cavalier et la position de ses jambes, on pourrait encore avoir des doutes. Si la victime avait vraiment l'habitude de monter à cheval, son corps doit présenter certaines déformations : les muscles de la face interne des cuisses, par exemple, doivent être atteints de sclérose, durcis et fibreux.

— Je ne puis vous autoriser à examiner le corps, ce ne serait pas régulier. Et d'ailleurs, c'est le rôle du médecin, qui ne manquera pas de révéler les particularités dont vous parlez.

— Pas sûr. Oh ! sans doute, les officiels savent tout cela, et les indices qu'on peut tirer des dents, si elles sont gâtées ou aurifiées, ou des cheveux, ou même des ongles. Mais quand on est guidé par une idée préconçue, on néglige souvent, délibérément, certains de ces indices. Tenez, il y a une chose qu'on fera certainement, c'est une affaire de routine, c'est la chose à faire toutes les fois qu'il s'agit d'un cas d'identité : c'est de consulter la liste des disparus. Les gens de la Sûreté l'ont à leur disposition. Mais, s'ils ont dans l'idée que ce malheureux est un soldat, ils ne s'arrêteront qu'aux cas de soldats disparus, qui sont en très petit nombre, et ils n'y trouveront rien d'intéressant. Mais pendant ce temps-là, peut-être, le signalement du bonhomme leur crèvera les yeux, dans la liste des civils, et ils n'y feront pas attention, parce que ce sera le signalement d'un civil.

Il y eut un moment de silence.

— Monsieur, dit enfin le commissaire par intérim, il y a du vrai dans ce que vous dites. Vos hypothèses sont intéressantes, en tout cas. Je vous promets de les consigner dans mon rapport.

— Je vous en remercie, mais…

— Comment, cela ne vous suffit pas ?

— Eh bien !… non. Votre rapport sera lu, peut-être par des gens prévenus. Ah ! si je pouvais les voir, leur parler… savoir si le médecin examinera les cuisses, lui demander quelle quantité d'alcool il y avait dans l'estomac…

Il y eut encore un silence. Le commissaire regardait le plancher, les yeux baissés. Enfin, il les releva et, avec un demi-sourire, fixa son regard sur la physionomie du vieil étudiant.

— Je crois, dit-il, monsieur, deviner à quoi tendent tous ces discours. Ou je me trompe fort, ou vous devez être beaucoup moins bavard en temps ordinaire. Mais aujourd'hui, vous avez besoin de moi. Ce que vous ne sauriez faire, vous simple curieux, assister à l'autopsie, lire un rapport du médecin légiste, et au besoin questionner ce dernier, entendre les théories des agents chargés de suivre l'affaire, tout cela que vous ne pouvez faire, vous voudriez en somme que je le fisse à votre place. Vous m'offrez, en somme, de devenir votre collaborateur. Et c'est pour obtenir cela, pour me séduire, que vous déployez l'éventail de vos théories ?

Benoît Bandan haussa les épaules.

— Monsieur, je ne veux pas jouer au plus fin avec vous. Vous m'avez deviné, en gros, car je n'aurais pas eu l'impertinence de formuler mes désirs dans les termes que vous venez d'employer. Je sais que je vous demande beaucoup, mais, voyez-vous, je suis persuadé que cette affaire n'est pas une affaire ordinaire. Ce bonhomme-là (d'un geste de la main il désignait le cadavre) a une tête à fréquenter les champs de course. Est-ce un simple lad, ou un jockey, ou un amateur qui monterait de temps en temps, je n'en sais rien au juste. Mais soyez sûr qu'il ne s'agit pas d'un crime banal, d'un tourlourou ivre assassiné dans une querelle. Ce n'est pas un escarpe vulgaire qui s'amusera à descendre sa victime presque en plein jour, au milieu d'une foule compacte. Il y a là-dessous toute une histoire, soyez-en persuadé.

— C'est bien possible, dit le commissaire.

— Eh bien ! cette histoire, je voudrais la connaître, en trouver le fin mot. Ne voulez-vous pas m'y aider ?

Le commissaire hocha la tête. Sa réserve de fonctionnaire avait presque fondu devant l'ardeur communicative du criminologiste amateur.

— Vos idées sont extrêmement intéressantes, dit-il, et elles pourraient bien se trouver vraies. En tout cas il vaut la peine de s'en assurer. Je ferai tout mon possible pour cela.

— Et… ne voudrez-vous pas me tenir au courant des résultats de vos vérifications ?

— On ne saurait guère vous le refuser. Eh bien ! voulez-vous me retrouver après-demain matin au bar de la gare Saint-Lazare ? Ce n'est pas un endroit bien luxueux…

— Il ne s'agit pas de luxe, il s'agit de ne pas perdre de temps, et, vu les circonstances, c'est un endroit tout indiqué. Eh bien ! c'est entendu. Merci mille fois.

Le singulier jeune homme, rassemblant dans sa main les plis de son parapluie, semblait maintenant aussi pressé de s'en aller qu'il avait paru tout à l'heure désireux de rester. Le commissaire le considérait avec un fin sourire :

— Décidément, dit-il, vous avez une façon d'obtenir ce que vous voulez ! Dire que tout à l'heure je vous soupçonnais presque, et maintenant voilà que je viens presque de m'engager à travailler sous vos ordres. J'ai comme une idée que vous réussirez.

Benoît Bandan, déjà tout près de la porte, se retourna, haussa les sourcils, et lança au commissaire, qui l'avait suivi, un regard ambigu :

— Qui sait ? dit-il en prenant la main que Robert Massion lui tendait. En tout cas, je serai ravi d'avoir fait votre connaissance.

Et il sortit sans rien ajouter.

4

Tout le monde connaît la salle des pas perdus de la gare Saint-Lazare et sa foule caractéristique, ce compendium d'humanité où se croisent à toute heure des échantillons de toutes les races et de toutes les classes, des représentants de tous les métiers et de toutes les conditions sociales.

Quel tableau digne d'un Balzac que ces flots d'allants et venants dans ces gargantuesques couloirs, ces écheveaux humains de toute nuance qui s'agitent et s'emmêlent, se font et se défont, en courants chatoyants aussi variables que les ondes irisées qui se jouent dans un globe de nacre. Rentiers, boursiers, employés, banquiers, banlieusards, Anglais et Américains retournant chez eux ou débarquant en quête d'aventures, soldats en permission, fonctionnaires, émigrants, marins au regard d'enfants étonnés, lycéens la serviette sous le bras se hâtant vers le lycée Condorcet, midinettes pressées de peur d'arriver en retard à l'atelier et trouvant cependant le temps de jeter à leurs admirateurs un sourire ou un haussement d'épaules ; la cohue ne cesse d'agiter son flux et son reflux, plus violent à certaines heures, plus lent et plus clair à certaines autres.

C'était un des moments les plus calmes, vers dix heures, quand le flot des employés et des employées est presque tout entier passé, et que l'on ne voit plus sous la vaste nef que des flâneurs, quelques provinciaux ou étrangers désemparés en quête de renseignements, et des retardataires ayant manqué leur train.

Un individu brun et basané, au profil en bec-de-corbin, monta sans se presser l'escalier de la rue de Rome, traversa le hall dans toute sa longueur et se dirigea vers le bar, dont la terrasse, encombrée par les petites tables rondes cerclées de cuivre, remplit l'extrémité opposée. Un des consommateurs — assez clairsemés à cette heure —, un grand blond à l'air nonchalant, l'aperçut, et lui fit signe aussitôt.

— Eh bien ! Sherlock Holmes, votre enquête est finie ?

Tout le monde connaît la salle des pas perdus de la gare Saint-Lazare et sa foule caractéristique, ce compendium d'humanité…

— Pas encore, mon cher Watson, répondit le nouveau venu, qui n'était autre que Benoît Bandan, en s'asseyant en face de celui qu'il traitait désormais en ami, le commissaire intérimaire Robert Massion. C'est moi qui vous demanderai des renseignements aujourd'hui. Pouvez-vous me confier les résultats de l'enquête officielle — quelques-uns, du moins ?

— Oh ! mon Dieu oui ! Je ne vous dirai rien que vous ne puissiez lire demain dans les journaux. En fait, une partie des renseignements que je vais vous donner se trouvent déjà dans ceux d'aujourd'hui, et par conséquent vous sont déjà connus.

— Non. J'ai évité systématiquement de lire les journaux.

— Ah bah !

— Oui. D'abord il vaut mieux avoir ses renseignements de première main, et puisque j'étais sûr de vous voir, j'aimais mieux m'en rapporter à vous qu'aux journalistes. Et puis, un journaliste, voyez-vous, déforme inévitablement la vérité, professionnellement, pourrait-on dire. Dans la masse indistincte de faits qui s'offrent à lui, il choisit non pas les plus significatifs, mais les plus sensationnels.

« Il laisse au second plan, ou même néglige tout à fait une foule de détails peu susceptibles d'émouvoir son lecteur ou de fournir des sous-titres impressionnants, mais qui seront peut-être pour moi les plus intéressants. Aussi, je préfère vous entendre parler.

— Eh bien, ma foi, je n'ai pas grand'chose de neuf à vous annoncer. D'abord, une partie de vos hypothèses est vérifiée. L'individu tué est bien un cavalier : la déformation spéciale des muscles de la cuisse a été constatée par le médecin légiste. De plus, on a trouvé dans son estomac une assez grande quantité d'alcool. Sur ce point aussi, vous aviez raison.

— Ah ! Et que dit la police ?

— Ah, voilà ! La police admet les faits, mais ne les interprète pas du tout comme vous. Elle s'en tient à l'hypothèse du soldat en goguette.

— Je m'en doutais. Mais comment explique-t-on l'absence d'écussons portant les numéros du régiment et de matricule sur les doublures ?

— Oh, bien facilement. Le brigadier Piloudier, chargé de l'enquête, et qui est lui-même un ancien militaire, a fait observer que, depuis la guerre surtout, beaucoup de jeunes soldats se sont fait faire des tenues de fantaisie qu'ils revêtent les jours de sortie. Ces vêtements sont payés de leurs deniers, et faits par des tailleurs ordinaires ; il n'y a donc aucune raison pour qu'ils portent des numéros matricules.

— Oui, mais les écussons du régiment restent toujours réglementaires.

— Parfaitement. Mais Piloudier fait observer que les numéros et les insignes que l'on pose sur ces uniformes de fantaisie sont petits et souvent mobiles : ils peuvent se détacher facilement d'eux-mêmes, par usure ou par accident. D'ailleurs, certains soldats les enlèvent systématiquement dès qu'ils sont dehors. Que l'individu dont nous avons vu le cadavre ait été engagé dans des affaires louches, Piloudier n'en doute pas un seul instant, mais c'était une raison de plus pour qu'il enlève ces écussons, ou qu'on les lui enlève, ce qui était relativement facile puisqu'il était en état d'ivresse l'autre soir, c'est désormais un fait acquis. Vous voyez, tout ça paraît se tenir assez bien.

Benoît Bandan se mordit les lèvres.

— Oui, j'ai peut-être écarté cette hypothèse un peu vite. Tout cela est évidemment assez plausible.

Il demeura quelques instants silencieux, son regard plongeant dans le petit cône beige de café crème contenu dans son verre à pied. Puis, soudain, il releva la tête.

— Eh bien, non, non et non ! Ça ne cadre pas ! Les officiels ont tout simplement échafaudé les arcs-boutants de leur thèse avec plus d'habileté que je n'aurais cru. Mais quand même, elle ne tient pas debout. Qu'il n'y ait pas de numéros matricules, soit ! En effet, ça arrive assez souvent aujourd'hui. Mais le képi, le képi ? Avez-vous remarqué qu'il était trop petit ? Il est tombé plusieurs fois pendant le transport du corps à travers la gare, et finalement, quand on est arrivé dans votre bureau, un des hommes d'équipe qui faisaient fonction de croque-mort l'avait posé sur le ventre du cadavre. Eh bien ! qu'on ait des effets trop grands ou trop petits, au régiment, ça arrive tous les jours — mais à condition qu'il s'agisse d'effets réglementaires. Le garde-mites[1] s'en fiche et vous donne n'importe quoi ; mais si vous achetez vous-même votre képi, de vos propres deniers, vous aurez soin de le choisir à votre pointure, c'est clair.

— Oui, c'est vrai, dit Massion, ébranlé.

— Eh bien ! le képi n'avait lui non plus aucune marque ; il n'était donc pas sorti du magasin d'un garde-

1. GARDE-MITES, s. m., *argot de caserne* : garde-magasin, magasinier chargé de l'habillement (Albert Dauzat, *L'Argot de la guerre, d'après une enquête auprès des officiers et soldats*, Paris, Armand Colin, 1918).

mites ; c'était un képi acheté. Et puis, vous avez remarqué sa forme : il était en pot de fleurs, et tout mal fichu. Un soldat qui se paye un képi fantaisie achètera non seulement un képi à sa tête, mais généralement aussi un képi fantaisie, modèle officier — sans galons bien entendu — mais cylindrique ou à peu près. Non, voyez-vous, j'en suis pour ce que j'ai dit : ce képi-là n'a jamais coiffé la tête d'un militaire, et le malheureux bonhomme que nous avons vu mort dans votre bureau n'a rien de commun avec l'armée.

— Peut-être, dit Robert Massion, mais, malgré tout, vous ne faites jamais qu'opposer une hypothèse à une autre hypothèse, plus plausible peut-être, mais enfin…

— Non, pas plus plausible, plus cohérente, seulement cohérente. L'autre ne l'est pas du tout. Tenez, dans ce que vous m'avez dit en rapportant les paroles de Piloudier, un mot m'a frappé : *beaucoup de jeunes soldats*, avez-vous dit ?

— Oui, je l'ai dit, et je n'ai fait que rapporter les paroles textuelles du brigadier.

— Eh bien ! c'est vrai : à l'heure actuelle, il n'y a plus que de tout jeunes soldats sous les drapeaux. Mais avez-vous bien regardé la victime ? Croyez-vous vraiment que c'était un jeune soldat, c'est-à-dire un homme de vingt à vingt-deux ans ?

— Assurément, il avait bien l'air d'avoir plus que ça. Je l'aurais bien cru aussi âgé que vous ou moi, et même un peu plus. Ça ne m'aurait pas étonné qu'il ne soit pas loin de quarante. Mais, vous savez, on se trompe si facilement sur ces choses-là. Il y a beaucoup d'hommes de quarante ans qui jouent les jeunes premiers à la ville aussi bien qu'au théâtre. Et inversement, un adolescent aux traits très accentués… Et puis, comment juger sur un cadavre ? La mort déforme les traits.

— Tout cela est vrai, mais quand même, c'est une petite invraisemblance de plus à la charge de Piloudier.

De nouveau, le regard du criminologiste amateur s'abaissa sur son café crème.

— Mais ça ne doit pas être tout, reprit-il. Et la blessure ? Je ne pouvais pas la regarder naturellement, mais je ne serais pas fâché de savoir ce qu'en pensent les médecins.

— Oh ! rien d'extraordinaire. Blessure causée par une lame étroite, enfoncée au défaut du cou, d'une manière presque perpendiculaire. Lésion de plusieurs organes importants, entraînant la mort à peu près immédiate. Ah ! une chose qui m'a un peu surpris : les médecins ont retrouvé dans la plaie l'arme presque tout entière.

Le détective amateur bondit sur sa chaise.

— Comment ! Et vous ne me disiez pas ça !

— Mais c'est dans tous les journaux.

— Au diable les journaux ! Comment était-elle, cette lame ?

— Une espèce de stylet très long et très étroit. À la partie supérieure, une espèce de col encore plus étroit, et, juste au-dessus, la marque d'une cassure très nette. Il ne paraît pas très probable que le poignard a été brisé au moment où la blessure a été faite, car il s'agit d'un acier très résistant. Mais, d'autre part, on ne voit pas trop pourquoi le meurtrier se serait servi d'une lame brisée tout exprès…

— Comment, on ne voit pas ! Ma parole, vous êtes épatants, vous autres officiels ! Pas d'imagination pour deux sous ! Mais si, on le voit, pourquoi la lame aurait été brisée avant le crime. On le voit très bien ! La chose a été longuement préméditée, c'est clair. Je vois toute l'affaire comme si j'y étais.

— Vous avez de la chance.

— Mais non. Réfléchissez ! Où s'est accompli le meurtre ? Au milieu d'une foule. Le meurtrier a accompagné sa victime jusque sur le quai, sous prétexte de le mettre dans le train, ça, c'est évident. Entre parenthèses, ce train allait à Ville-d'Avray. Je le sais puisque j'y allais moi-même. Ça, c'est encore une indication à retenir : il faudra enquêter de ce côté-là. Donc, notre assassin accompagne sa victime, et il a déjà son arme

— Entre parenthèses, ce train allait à Ville-d'Avray. [...] Ça, c'est encore une indication à retenir : il faudra enquêter de ce côté-là.

sur lui à ce moment-là. Naturellement, il la cache. Ne comprenez-vous pas qu'une simple lame est plus facile à dissimuler au regard des passants qu'un long poignard tout emmanché ? Un simple morceau d'acier, ça se cache dans la manche, dans la poche.

— Oui, mais c'est beaucoup moins maniable. Et, vu qu'il fallait opérer au milieu de quelques centaines de personnes qui vous coudoyaient, et ne pas rater son coup, c'était bigrement dangereux. Je ne comprends même pas, à vrai dire, comment le coup a pu réussir. Car enfin, il fallait lever le bras, prendre un certain élan, frapper avec assez de force. Et comment la victime, si saoul qu'il fût, n'a-t-il pas remarqué ce geste, comment n'a-t-il pas fait un mouvement pour se dérober? Et comment pas un des voyageurs qui se pressaient sur le quai n'a-t-il remarqué la scène ?

— Ah ! ah ! vous faites des progrès. Savez-vous que je me suis posé précisément ces questions-là, et que je ne fais que leur chercher une réponse depuis hier ?

— Eh bien ! si vous avez trouvé des réponses à ces questions-là, je vous admire !

— Pourquoi ? Réfléchissez ! Mettez-vous dans la peau du bonhomme, comme on dit, ou plutôt dans la peau d... Mais j'allais anticiper sur la conclusion à laquelle je suis arrivé. Mettez-vous dans la peau de la personne, quelle qu'elle fut, qui a accompli cet exploit. Elle a dû calculer tous ses gestes, et, sachant qu'elle serait observée, ou, en tout cas, qu'elle risquait fort de l'être, chercher à camoufler son attitude, ses attitudes. Il lui fallait déguiser son geste meurtrier en geste naturel. Comment y parvenir ? Supposez que c'est vous qui voulez me tuer, par exemple.

— Je n'en ai pas la moindre envie !

— Merci. Mais c'est une simple supposition. Donc, nous quittons ensemble la terrasse de ce café, vous m'accompagnez sur le quai, nous allons jusqu'à la tête du train. C'est là qu'il faut agir. Il est évident que vous ne pouvez pas simplement lever le bras et faire étinceler les éclairs de votre lame, comme dans les mélodrames.

« Il faut dissimuler jusqu'au dernier quart de seconde cette chose brillante et voyante : donc, vous la tenez entièrement cachée dans votre main : d'où, suppression du manche, qui vous gênerait. Et au lieu de lever le bras en l'air, théâtralement, pas du tout ! Vous posez tout doucement la pointe à l'endroit voulu, et vous enfoncez, simplement, d'un geste net et précis, sans déploiement de force inutile.

— Mais pardon, est-ce que vous ne vous étonnerez pas de me voir étendre la main vers votre cou ?

— Non, si je puis attribuer à votre geste un motif qui me semble naturel. Voyons pour quelles raisons peut-on vraisemblablement poser sa main sur le cou, ou tout au moins sur les épaules de quelqu'un ?

— Hum !... ça peut être un geste affectueux.

— Parfait. Nous y voilà. Un geste d'affection, parfaitement.

— Mais ces gestes-là ne se font guère entre hommes...

— Très bien, très bien ! Décidément, vous progressez !

— À moins qu'il ne s'agisse de familiers, ou de très proches parents. Alors, selon vous, l'assassin serait à rechercher parmi les proches de la victime ? Un père, ou un frère ?

Benoît Bandan fit la moue.

— Allons, voilà que vous déraillez. Les meurtres de ce genre sont plutôt rares. Pourquoi s'en aller rechercher de l'exceptionnel, quand vous venez de frôler à l'instant une explication beaucoup plus naturelle. Rappelez-vous ce que vous venez de dire il n'y a qu'une minute : « entre hommes, on ne fait guère de ces gestes-là ». *Entre hommes*, c'est vous qui l'avez dit !

— Oh ! une femme alors ! Une femme… mais ce n'est guère vraisemblable…

— Comment ! mais tout ce qu'il y a de plus vraisemblable, au contraire ! Songez donc : une femme ! L'être qui a toutes les facilités possibles pour faire ces gestes-là, même en public. Elle vous frôle le cou, elle vous tapote la joue… que dis-je ? Elle peut vous passer les deux mains derrière la nuque et les y laisser un moment, choisissant à loisir l'endroit le plus propice pour enfoncer le stylet brisé. Au besoin, elle vous embrasse pendant ce temps-là. Rien que de très naturel : des milliers de gens s'embrassent tous les jours dans les gares. Une femme qui embrasse un militaire sur le point de prendre le train, qui s'arrêterait à ce tableau banal ? Elle vous embrasse donc, et une fois l'endroit choisi… crac ! le coup est fait ! Des centaines de personnes l'ont vu ; tout le monde croit que c'est une caresse, et c'est un crime.

— Fantastique ! dit le commissaire, emballé malgré lui. Eh bien ! vous pouvez vous vanter de ne pas être comme les officiels : vous en avez de l'imagination ! Je ne sais pas si votre petit roman est vrai, mais je dois avouer qu'il est bien trouvé. Vous damez le pion à Ponson du Terrail.

— Mais non, c'est un simple fait divers. Les circonstances lui donnent un peu plus de relief et de coloris qu'aux autres, voilà tout.

Benoît Bandan absorba méditativement une gorgée de son café crème devenu froid, et reprit :

— D'ailleurs, si le tableau que nous venons d'évoquer est incontestablement très dramatique, il ne nous avance pas beaucoup au point de vue de l'enquête. Il reste encore beaucoup à faire, presque tout. Et pourtant... je crois que mon idée pourrait au moins servir de base à certaines recherches. Si les choses se sont bien passées comme je l'imagine, quelqu'un a bien dû voir, remarquer, même dans cette foule compacte où chacun songe à ses affaires, cette femme et ce faux soldat qui s'embrassaient.

— Mais ces témoins, s'ils existent, ne seraient-ils pas venus d'eux-mêmes offrir leur déposition, maintenant que l'affaire a fait tant de bruit ?

— Non, c'est peu probable, car ils ne comprennent pas l'intérêt de ce qu'ils ont vu, n'ayant pas sur l'affaire les mêmes idées que nous. Je n'ai pas lu les journaux, mais il est très probable que le récit laisse dans le vague le moment où le crime a été commis. Beaucoup de lecteurs doivent croire que la victime a été frappée sur le marchepied, ou même dans le wagon.

— Oui, c'est vrai, plusieurs journaux contiennent des équivoques de cette nature.

— Vous voyez. Ainsi, les témoins, et il y en a, soyez-en sûr, n'établissent aucun rapport entre le souvenir fugitif de cette embrassade, aperçue l'autre soir, et le récit de leur journal. Ce souvenir reste enfoncé dans leur subconscient. Il faut l'en faire sortir, en leur posant la question nettement et directement.

— Oui, mais pour ça, il faudrait d'abord les connaître.

— Pas nécessairement. Il n'y a qu'à poser la question au public, en général.

— Ah ! oui, je vois. Par les journaux. Sherlock Holmes et les petites annonces du *Daily Mail* ?

Mais Benoît Bandan secoua la tête.

— Non, rien des annonces. Je suis persuadé que ça ne donnerait rien. Remarquez que je ne critique pas Sherlock Holmes, ou Conan Doyle si vous aimez mieux. Ce moyen-là doit être réellement pratique et efficace en Angleterre ; là-bas, les trois-quarts des habitants passent leur soirée engoncés dans leur fauteuil (épatants, d'ailleurs, les fauteuils anglais) à savourer leur journal en même temps qu'un verre de bière ou un whisky soda ; et ils absorbent la boisson jusqu'à la dernière goutte et le journal jusqu'aux réclames des marchands de chaussures inclusivement. Avec ce système, il est évident que le contenu des petites annonces leur parvient. Mais ici, combien connaissez-vous de Français qui lisent leur journal de bout en bout ? Un journal, ça ne se lit pas, ça se parcourt. On jette un coup d'œil sur les manchettes, on lit hâtivement les articles qui vous intéressent, en sautant une ligne sur trois, et quand on arrive aux annonces, on jette le « canard » sur ou sous la banquette du train de banlieue. Il s'agit de banlieusards, notez-le bien.

— Heu ! Vous pourriez bien avoir raison. Mais alors, que comptez-vous faire ?

— Eh bien puisque les témoins que je cherche sont des banlieusards, et qu'ils étaient sur le quai du train de Ville-d'Avray l'autre soir, ce sont des gens qui passent tous les soirs par ici. Ils sont pressés, c'est vrai, mais probablement aussi, en même temps, flâneurs et badauds, comme tous les Parisiens. S'ils aperçoivent un rassemblement, ils s'arrêteront, ne fût-ce que quelques secondes, et, au risque de manquer leur train, pour voir de quoi il s'agit. Une petite annonce perdue dans un journal reste perdue pour tout le monde, excepté pour ceux qui la cherchent. Mais une affiche, une affiche spéciale, relative au meurtre qui a pris place ici même, dans cette gare, voilà de quoi attirer l'attention et créer un petit rassemblement, au moins le premier jour. Par conséquent, c'est une affiche qu'il nous faut.

— Heu… oui, peut-être. C'est bien possible.

— Vous n'avez pas l'air bien enthousiaste. C'est dommage, parce que j'avais compté sur vous pour la réalisation de ce projet.

— Sur moi ?

— Mais oui. Vous comprenez bien que je ne peux pas, moi simple particulier, aller m'amuser à coller des affiches sur les murs de cette gare. L'affichage est soumis à des lois, à des règlements. Pour mettre mon idée à exécution, il me faut la complicité — que dis-je ? la collaboration des autorités de la compagnie.

— Et vous avez pensé que je… Moi ?…

— Oui, vous. Vous, vous êtes du bâtiment. Allez trouver les autorités d'ici, les huiles, les grosses légumes, présentez l'idée comme venant de vous, faites-en valoir les avantages ; enfin, débrouillez-vous, mais obtenez-moi une petite place pour une affiche.

Robert Massion jeta un regard de surprise sur cet étrange original, hier encore quasi soupçonné d'un crime, et qui, maintenant, prétendait mettre les bureaucrates et les officiels en branle, et lui donner des ordres avec tant de désinvolture. Il resta quelques instants silencieux.

— Eh ! comme vous y allez ! dit-il enfin. Les huiles, les grosses légumes ! Hum ! C'est égal, je vous promets de faire ce que je pourrai.

— C'est bien une réponse de fonctionnaire. Enfin, il faut que je m'en contente.

— Allons, je vous promets de m'en occuper tout de suite. Tout à l'heure, en vous quittant, là !

— J'aime mieux ça. Eh bien ! quittons-nous !

— Mais quand vous reverrai-je ?

— Ici encore, demain soir, à six heures.

Il se levait déjà, rassemblant les plis de son parapluie, en monsieur pressé qui n'a pas de temps à gaspiller quand une affaire est conclue. Robert Massion, un peu interloqué par cette désinvolture, trouva pourtant le moyen de lui dire :

— Mais, qu'est-ce que vous allez faire d'ici là ? Serait-il indiscret ?...

— Oh ! pas du tout. Cet après-midi, je vais aux courses.

— Aux courses ! vous jouez aux courses, maintenant !

— Moi, jamais. Ça ne m'intéresse pas. Pour vous dire la vérité, je n'ai pas encore une seule fois de ma vie mis les pieds sur un hippodrome. Mais c'est justement pour ça qu'il faut absolument que j'y aille aujourd'hui. Il faut combler cette lacune. Allons, à demain !

Et avant que le jeune commissaire eût pu placer un autre mot, il lui avait secoué la main et était parti.

5

Un train venant de Saint-Cloud et ramenant la foule des parieurs heureux ou malheureux se coula dans la gare comme une gigantesque chenille, et, avant même qu'il fût complètement arrêté, les portières s'ouvrirent et quelques personnes sautèrent sur le quai. Bientôt, la locomotive haletante et soufflante heurta le butoir au milieu d'un tintamarre de métal, et des flots d'humanités hétéroclites engorgèrent les portillons où deux employés à l'air endormi s'efforçaient de les filtrer.

Un individu brun et basané, au bras duquel était accroché un gros parapluie — Benoît Bandan en un mot — franchit un des premiers le portillon et, au lieu de s'engouffrer avec la foule dans une des haies de sortie, se mit à marcher lentement à travers l'espèce de promenoir perpendiculaire aux voies qui viennent aboutir là. Il promenait son regard de côté et d'autre, et de son œil vif et noir semblait chercher quelque chose. Mais on ne voyait rien que d'ordinaire. Des groupes allaient et venaient. Quelques messieurs ou quelques dames, isolés, montaient une faction discrète dans le voisinage des marchandes de journaux, feignant de s'intéresser au déploiement des illustrés lorsque le regard du promeneur s'arrêtait sur eux. De temps en temps, un fleuve humain se déversait à travers les écluses des grilles lorsqu'un train arrivait : ou bien des centres d'attraction se dessinaient autour des portillons lorsque l'heure d'un départ approchait, et l'on voyait se révéler les lignes de force d'un champ magnétique doué du pouvoir d'attirer les atomes humains ; puis les groupes clairsemés reprenaient leurs allées et venues.

Un train venant de Saint-Cloud et ramenant la foule des parieurs heureux ou malheureux se coula dans la gare comme une gigantesque chenille…

Cependant, en arrivant vers la dernière sortie, du côté Rome, notre détective amateur avisa une espèce de rassemblement qui ne semblait pas causé par le départ d'un train, car la grappe humaine qui le composait était littéralement collée contre le mur, comme un essaim de guêpes sur un espalier. En s'approchant, Benoît Bandan vit que tous ces gens s'efforçaient de lire une ridicule petite affiche, collée beaucoup trop haut sur le mur. Sans doute, était-ce là ce qu'il cherchait, car sa figure s'éclaira d'une vive satisfaction. Il s'approcha d'un pas félin et examina le paquet d'humanité qui se bousculait près du mur. Il y avait là toutes les catégories de gens peu pressés, et même quelques-uns qui auraient dû être pressés : quelques petits rentiers bedonnants aux ventres de mangeurs de soupe, coiffés d'un melon d'avant-guerre et le menton orné d'une barbiche poivre et sel également d'avant-guerre ; un individu rasé aux allures de bookmaker, des jeunes gens bien mis qui devaient être vendeurs au Printemps, des groupes de petites ouvrières, généralement par deux ou trois, les cheveux coupés recouverts d'un bibi minuscule, la frimousse pâlotte, balançant à leur poignet un petit sac en simili cuir gaufré ; un employé du Crédit lyonnais à grosse moustache noire, en veste bleue à boutons de métal… et qui encore ? L'attention de Benoît fut momentanément attirée par une femme plus grande que les autres, de belle taille, en fait, sans être pourtant une géante, et dont la tête dominait le groupe. Avait-elle déjà quarante ans ? Malgré la poudre et le fard, sa peau devait être un peu fanée ; les os du visage, un peu trop saillants, lui donnaient un air énergique et presque vieilli ; cependant, la coupe du visage était belle ; la ligne du cou et des épaules était vraiment magnifique. Qu'elle avait dû être belle en 1914! Elle l'était encore. Le chapeau marron était assorti aux coques marron d'Inde des cheveux non coupés, et le rebord de tulle translucide ne permettait pas de bien distinguer les nuances de ses yeux orientaux. Chose curieuse, au lieu de s'intéresser à l'affiche, elle laissait ses regards errer par-dessus la foule, dans le vague.

— Pas banal, se dit Benoît. Je me demande…

À ce moment, il sentit le contact d'une main sur son épaule; on lui donnait une légère chiquenaude. Il se retourna: aristocratique et fatigué, peu officiel malgré la redingote et la casquette blanche d'uniforme, Robert Massion lui souriait d'un sourire négligent voilé par sa fine moustache blonde.

— Ah! c'est vous, mon cher collaborateur. Je me doutais bien que je vous trouverais par ici. C'est pourquoi, j'ai fait un petit tour avant d'aller voir si vous m'attendiez au Terminus bar. C'est votre affiche, n'est-ce pas, qui cause toute cette émotion?

— *Notre* affiche, vous voulez dire. Je n'en suis pas encore à m'attribuer des mérites qui ne m'appartiennent pas. Oui, c'est notre affiche (je dis *notre* parce que la rédaction est mienne). Elle attire l'attention, et c'est déjà quelque chose. Reste à savoir si elle donnera les résultats que vous en attendez.

— Mais… tenez, je parie qu'elle en donne déjà. Regardez!

Ce qui motivait l'exclamation de Benoît Bandan, c'est que l'attention d'une bonne partie des badauds semblait s'être détachée de l'affiche. Beaucoup, après l'avoir lue, s'occupaient maintenant de la commenter, et un groupe important s'était rassemblé autour d'un petit homme dodu et souriant qui acceptait avec bonne grâce, mais sans orgueil exagéré, son rôle d'informateur, de monsieur-qui-en-sait-plus-que-les-autres.

— Si j'y étais ! dit-il en agitant dans l'atmosphère une main potelée qui semblait faite de petits dirigeables roses. Mais oui, j'y étais ! Pas dans le wagon où est monté le pauvre tourlourou, non ; même pas dans ce train-là. Mais j'étais dans le train d'en face, celui qui va jusqu'à Versailles. Je le prends tous les soirs, ce train-là, vu que j'habite dans le quartier de la gare Rive-Droite ; alors…

L'orateur s'interrompit soudain. Sur un signe de Benoît Bandan, Robert Massion avait fendu la foule et lui avait légèrement touché le bras.

— Monsieur, dit le jeune commissaire rapidement et à demi-voix, si vous voulez gagner la prime promise en cette affaire, ne croyez-vous pas que vous feriez mieux d'aller au plus tôt communiquer à l'administration les renseignements dont vous disposez, au lieu de les semer aux quatre vents ?

L'autre, impressionné par la casquette blanche, restait interloqué.

— Peut-être bien que vous avez raison, dit-il enfin.

— Suivez-moi ! répondit Robert Massion.

Et il entraîna rapidement le précieux témoin, marchant à grandes enjambées et suivi de Benoît Bandan qui serrait sur son cœur son précieux parapluie, tandis que les badauds désappointés, mais n'osant les suivre, les regardaient s'éloigner avec consternation.

Par un dédale de couloirs et de bureaux obscurs où des scribes, enfouis dans leurs paperasses, ne relevaient même pas le nez pour les voir passer, ils parvinrent jusqu'à un bureau obscur et poussiéreux comme tous les autres, mais où il n'y avait personne. Robert Massion tourna un commutateur. La lumière se fit.

— Veuillez vous asseoir, monsieur, dit-il en prenant place lui-même dans le fauteuil de cuir qui se trouvait derrière la table-bureau.

Benoît Bandan s'assit modestement dans un coin, son parapluie entre les jambes.

— Monsieur le chef de gare, commença tout de suite le petit homme en s'asseyant, je vous assure que j'allais venir vous trouver tout de suite. Mais vous savez ce que c'est : on pose des questions, c'est l'un, c'est l'autre…

— Oh ! rassurez-vous, dit Robert Massion, je ne suis pas juge d'instruction, ni même chef de gare à vrai dire, et nous ne désirons avoir avec vous qu'une conversation tout amicale. Mais vous comprenez bien que dans l'intérêt de la justice… je m'adresse à votre intelligence, monsieur.

— Mais certainement, monsieur, certainement.

— Alors, nous sommes d'accord. Et d'abord, à qui ai-je l'honneur de parler ? Monsieur ?…

— Parcivet, monsieur ; je m'appelle Raoul Parcivet, monsieur, pour vous servir. Je suis employé à la Bibliothèque nationale, vous savez, rue de Richelieu. J'habite Versailles, 155, rue de la Paroisse. Ça ferme à cinq heures (la Bibliothèque, je veux dire), et comme mon service ne dure pas très longtemps après la fermeture, en me pressant un peu, je peux attraper largement le train de 6 h 14.

Même, souvent, je suis en avance. Alors, je vais en tête du train pour avoir une meilleure place, un coin, et je me mets du côté du quai, si je peux, parce que c'est de ce côté-là aussi qu'on descend à Versailles-Rive-Droite, et ça fait toujours une ou deux minutes de gagnées, vous comprenez. Tiens, on ne tient pas faire de rabiot, n'est-ce pas ?

C'était une physionomie tout à fait agréable et plaisante que celle du brave M. Parcivet. Sa figure poupine aux reliefs dodus, barrée par une belle moustache noire, rayonnait de bonne humeur et de sympathie. Il s'exprimait avec calme et sans hâte, en homme méthodique et jamais pressé. On devinait l'homme qui ne devait jamais se mettre au travail sans avoir changé de veste et pendu soigneusement au clou le vêtement de sortie. Massion et Bandan écoutaient en silence, ayant compris tous les deux que le mieux était de le laisser aller. D'ailleurs, au fond, il n'avait pas l'air bête, ce brave homme, et il y avait bien autant de malice que de bonne humeur dans les grands yeux noirs qui s'abritaient sous un front déjà dégarni, où quelques cheveux essayaient encore de se ranger en brosse.

— Alors donc, poursuivit-il du même ton posé, dans les trois ou quatre minutes qui restent avant le départ du train, je lis le journal, ou bien je regarde les gens qui montent dans le train de Ville-d'Avray, en face, qui part un peu avant. C'est toujours drôle, vous savez, les gens qui montent dans le train. Il y en a qui pleurent, il y en a qui s'embrassent. Oh ! qui s'embrassent, il y en a des tas, pour sûr ! Il y a même un conseiller municipal qui a fait tout un raffut à cause de ça, une fois. Aussi, je n'ai pas été étonné du tout, l'autre soir, quand j'ai vu un homme et une femme s'embrasser, et l'homme monter en wagon juste comme le train partait. C'était si peu extraordinaire que je n'y ai pas fait attention sur le moment, et même je n'y ai plus songé du tout jusqu'au moment de tout à l'heure, quand j'ai lu l'affiche.

« Alors, sapristi, je me suis dit, parbleu ! c'est vrai ! ça doit être les paroissiens que j'ai vu s'embrasser l'autre soir. Juste en face du train, parfaitement, monsieur, c'était bien ça ! Ah ! la police est maligne, tout de même, plus maligne que l'on croit.

— Mais, pardon, dit le commissaire, cet homme et cette femme, les avez-vous bien observés ? Pourriez-vous les décrire ? Comment étaient-ils ?

— Oh ! pour l'homme, ça y'a pas de doute, je l'ai bien vu. Il a tourné la tête juste au moment de monter dans le train, comme si quelque chose le gênait. C'est bien celui qu'on a mis dans les journaux, tel que, une espèce de soldat efflanqué. D'ailleurs l'heure et le moment, tout concorde ; ça ne pouvait être que lui.

— Mais la femme ?

— Ah ! la femme, je l'ai bien vue. Quoique ça, je crois bien que je la reconnaîtrais, si je la voyais. Elle avait l'air tout chose, et puis…

— Jeune ou vieille ? Jolie ou pas jolie ?

— C'était sûrement ce qu'on appelle une belle femme ! Pour ça ! Elle avait de ça ! Grande et bien plantée. Pour sa tête, je ne me rappelle plus bien. Peut-être que ce n'était plus tout à fait une jeunesse, mais belle femme quand même. Elle avait de drôles de z-yeux.

— Son costume, sa toilette ?

— Elle avait une robe fourreau gris bleu, très chic, ma foi ; un chapeau marron à bords transparents...

— Un chapeau marron ! dit soudain Benoît Bandan, de sa voix rauque, du fond de son coin obscur. Et ses cheveux, de quelle couleur étaient-ils ?

— Oh ! maintenant que vous m'y faites penser, ils-z-étaient marron aussi, comme le chapeau, mais luisants, comme des marrons, justement.

— Tripes du Pape !

Benoît Bandan venait de se dresser, pâle, agité, le parapluie pendant au bout de son bras tendu.

— Qu'est-ce qu'il y a ? dit Robert Massion. Qu'avez-vous, mon cher, à invoquer ainsi le saint père ?

— Ah ! ce n'est pas le moment de plaisanter. Je...

Il s'interrompit brusquement.

— Mon cher commissaire, voulez-vous rendre sa liberté à M. Parcivet ? Je crois qu'il nous a maintenant dit tout ce qu'il savait.

Robert Massion lui lança un regard intrigué, mais s'empressa d'obéir :

— Je vous remercie infiniment, monsieur, de votre bonne volonté ; je suis persuadé que vous ne nous avez rien caché. D'ailleurs, nous avons votre adresse, et je suis sûr que le cas échéant vous n'hésiterez pas à vous mettre à nouveau à notre disposition. Vous recevrez prochainement par lettre des instructions relatives à la prime promise.

— Certainement, monsieur le commissaire, certainement ! Trop aimable, merci mille fois, monsieur le commissaire, trop aimable, répondit M. Parcivet en se laissant reconduire jusqu'à la porte avec une poignée de main.

— Eh bien ! dit Robert Massion en revenant à sa place aussitôt que la porte fut refermée, vous la connaissez donc, cette fameuse inconnue ?

— Oui, c'est elle !

— Elle ?

— C'est-à-dire, je ne la connais pas, malheureusement, mais je l'ai vue, tout à l'heure, il n'y a pas cinq minutes, d'aussi près que je vous vois. Elle était dans le groupe autour de l'affiche.

— Bon sang de bonsoir ! Courons tout de suite après !

— À quoi bon ? Elle est déjà loin, maintenant. Notre présence a dû l'effaroucher. Non, c'est inutile. Mais j'aurais dû me douter ! Cette femme n'avait sûrement pas une allure ordinaire, comme disait ce brave homme.

— Mais comment se fait-il qu'il ne l'ait pas reconnue, lui ?

— Il était absorbé par l'affiche, d'abord, par ses propres discours, ensuite. D'ailleurs, il est de petite taille, et sa vue était masquée par les gens qui l'entouraient. Elle était à l'opposé du groupe, sur la frange. Quelqu'un qui arrivait, comme moi, ne pouvait manquer de la voir, mais pas Parcivet, qui était noyé dans la masse.

— C'est égal, l'avoir manquée de si peu ! c'est rageant.

Benoît Bandan s'était levé et arpentait le bureau de long en large, ses mains crispées dans son dos sur son parapluie, tandis que Robert Massion se renversait nonchalamment dans le fauteuil en jouant du bout des doigts avec un coupe-papier taché d'encre.

— C'est rageant, peut-être, mais je crois que c'était inévitable pour des gens comme nous, je veux dire des hommes en chair et en os, avec toutes les faiblesses des hommes. Sherlock Holmes aurait reconnu du premier coup la meurtrière à la couleur de ses cheveux sans l'avoir jamais vue, mais moi, je ne pouvais pas la reconnaître avant qu'un témoin ne m'eût indiqué la couleur de ses cheveux et les autres particularités de sa personne… D'ailleurs, tout n'est pas perdu, loin de là. Si cette femme est venue rôder autour de cette affiche, c'est qu'elle est inquiète. Elle se sent, elle se croit poursuivie. Elle a déjà fait une imprudence ce soir, elle en fera d'autres, soyez-en certain. Il s'agit seulement d'avoir de la patience, d'être prêt, et d'ouvrir l'œil.

— Et en attendant ? Qu'allez-vous faire ?

— Ce que j'ai fait hier et aujourd'hui. Aller aux courses.

— Sapristi ! ça vous intéresse donc tant que ça, les courses ?

— Moi ? pas du tout ! Je vous l'ai déjà dit : j'ignorais totalement ce qu'était ce genre de spectacle, il y a deux jours. Maintenant que je le connais, il m'intéresse encore moins qu'avant. C'est vraiment une des formes de spectacle les plus primitives… oui, primitif est bien le mot ; ça ne peut provoquer qu'une sorte d'intérêt tout à fait rudimentaire ; en somme, on gagne, ou on ne gagne pas.

« Le cheval qu'on a choisi arrive, ou il n'arrive pas. Ce n'est pas vraiment assez complexe pour le cerveau d'un homme civilisé. Et puis, remarquez comme ces deux hypothèses sont grossièrement et matériellement figurées, de la manière la plus primitive, par des animaux. Ça nous ramène au niveau mental des gris-gris, des totems et des tabous ; le cheval sur lequel je mise est le totem favorable, les autres sont des totems défavorables. Comme tout ça est sauvage, barbare, peu subtil !

Benoît Bandan fut interrompu par un éclat de rire.

— Heureusement que les fervents du noble sport ne vous entendent pas ! Vous passeriez un mauvais quart d'heure. Mais enfin, si tout ça ne vous intéresse pas, que diable allez-vous faire sur les champs de courses ?

— Hé ! Parbleu, chercher la solution du mystère qui nous occupe.

— Diantre ! Comment ça ?

— Je croyais vous l'avoir déjà dit. La victime, contrairement à ce que pense la police, n'est pas un vrai soldat. Mais c'est incontestablement un homme de cheval. Dans ces conditions, comme ce n'est pas non plus un homme du monde (mille indices le font supposer, et puis un homme du monde aurait déjà été identifié), il y a toutes les chances pour que ce soit un jockey, ou tout au moins quelqu'un appartenant au monde des jockeys, des entraîneurs…

— Et vous espérez découvrir son identité comme ça ? C'est chercher une aiguille dans une botte de foin.

— Pas tout à fait. Nous avons des indications. Nous avons non seulement le signalement, mais la photographie du mort, ce qui est énorme.

— La police l'a aussi, et elle s'en sert, soyez-en sûr.

— Non, elle ne l'a pas comme moi, si elle ne s'en sert pas comme moi. Voyez-vous, ce n'est pas tout d'avoir des renseignements et des documents, il faut encore avoir des idées. De l'imagination, je vous l'ai déjà dit. La police est persuadée que le mort est un soldat, et elle fait faire une enquête dans les casernes, avec une photographie du bonhomme spécialement prise avec son képi sur la tête.

— C'est exact. Vous êtes bien renseigné, pour un homme qui ne lit pas les journaux.

— Oh ! je les lis quelquefois, quand je n'ai rien de mieux à faire. J'ai même, autrefois, contribué à les faire.

— Vous ! vous avez été journaliste ?

— Oh ! à peine ! J'ai été chargé quelque temps au *Jour*, de ce qu'on appelle « la morgue » ; vous savez, où l'on classe les vieux articles et les photographies des hommes morts, ou prêts à mourir — c'est-à-dire, en somme, de tout le monde, puisque nous mourrons tous.

— Oui, je sais, il paraît même qu'il y en a qui ont leur article nécrologique tout prêt depuis des années.

— Oui, et quelquefois on le sort trop tôt, sans attendre le décès du bonhomme. C'est une petite plaisanterie qui fait toujours rire. Eh bien ! j'ai tenu cet emploi quelque temps, afin de pouvoir poursuivre mes études en droit, qui sont fort longues, comme vous savez, et cela m'a valu quelques relations parmi les journalistes. Je suis allé trouver mon vieil ami Dubord au *Jour*, et je lui ai demandé de me procurer une photographie de la victime, du fameux « soldat », mais une photographie où il soit nu-tête. *Nu-tête*, comprenez-vous ?

— Ma foi, pas très bien.

— Mais si, voyons, c'est bien simple. Le képi est un déguisement. La police cherche un individu déguisé. Moi, en supprimant le képi, je supprime le déguisement ; je cherche avec une vraie photo du vrai bonhomme, et dans les endroits qu'il fréquentait probablement, sûrement même. La police n'a donc aucune chance de le trouver tandis que moi, je les ai toutes…

— Oh, à propos, interrompit Robert Massion, j'oubliais de vous dire… Avez-vous vu ça dans les journaux, puisque vous les lisez tout de même ? La police a un indice, et un vrai, qui n'est pas une idée ou l'absence d'un képi.

— Ah ? Qu'est-ce que c'est ? Non, je n'ai pas vu ça.

— Eh bien, vous savez que les poches de la victime étaient absolument vides ; mais sur une partie du linge, on a retrouvé les initiales J. M. On a tenu la chose secrète quelques jours, et maintenant on la publie dans l'espoir de décider à parler des témoins peut-être incertains. Qu'est-ce que vous en dites ? Vous ne paraissez pas enthousiasmé ?

En effet, Benoît Bandan haussait les épaules.

— Mais, ça ne peut pas servir à grand'chose. On voit bien que vous avez lu des tas de romans où l'assassin s'était donné un mal terrible pour enlever toutes les marques du linge de sa victime. Eh bien, notre assassin à nous s'est épargné cette peine et il n'a pas eu tort ; c'eût été une peine bien inutile. J. M. ! Qu'est-ce que ça prouve, J. M. ? Il y a dix mille, vingt mille personnes et plus, à Paris, qui ont pour initiales J. M. Ça ne pourrait servir que de confirmation, de preuve supplémentaire, si nous connaissions ou même si nous soupçonnions déjà l'identité de ce malheureux. Mais pour amorcer les recherches, c'est absolument insuffisant. Heureusement, je les ai amorcées d'une autre manière, et peut-être que bientôt, J. M. pourra nous servir à confirmer l'identité de la victime. D'ailleurs, ce ne sera là encore qu'un commencement. L'identification de la victime n'est qu'un moyen ; ce dont il s'agit, vraiment, c'est de retrouver la trace de l'assassin ou plutôt de la meurtrière…

— Vous êtes sûr que c'est elle ?

— Mais oui, vous verrez.

— Pourtant, une femme…

— Eh quoi, « une femme » ! Mais, mon cher, vous êtes victime de préjugés surannés. Dès qu'il ne s'agit plus d'un crime crapuleux commis dans la basse pègre, il y a toutes les chances pour qu'un meurtre soit l'œuvre d'une femme. L'homme cultivé, à moins d'être un détraqué, ne commet plus de meurtres aujourd'hui. Oh ! Ce n'est pas nécessairement un indice de supériorité morale : l'homme n'est pas meilleur que la femme, mais on lui a mieux appris à dominer ses impulsions, et surtout, il sait, mieux que la femme, qu'il y a mille moyens, moins simples, mais plus sûrs, d'endormir son adversaire. L'homme doué de raison est aussi très capable de haine. Mais il réfléchit, calcule, et son calcul servira à écarter le crime. À quoi bon tuer, geste défendu par le Code, quand il suffit, en marge du Code, d'une bonne petite saleté… la femme est restée plus primitive, et plus honnête en un sens : elle vous tue plus vite… Soyez tranquille, cette femme mystérieuse, qui n'est encore pour nous qu'une espèce de fantôme irréel, nous allons voir se préciser sa silhouette, jusqu'au jour où elle nous apparaîtra face à face… Allons, assez de littérature ! Au revoir.

Benoît Bandan se dirigea vers la porte. Massion l'accompagna.

Quand vous reverrai je ?

— Attendez-moi demain soir ici, si vous voulez. C'est à vous, ce bureau ?

— Pas absolument. Mais un camarade me le cède moyennant quelques heures de présence et le gribouillage de deux ou trois rapports. Arrangement qui nous satisfait tous les deux. Lui, il a des occupations en ville, et moi ça me permet de donner carrière aux instincts de détective amateur que vous avez su m'inspirer.

À ce moment, un corps obèse, enveloppé d'un ample pardessus, bloqua l'entrebâillement de la porte devant laquelle causaient les deux jeunes gens. Le battant, poussé par un abdomen proéminent, bouscula quelque peu Benoît Bandan, et une voix tonitruante s'écria :

— Enfin, je vous retrouve, monsieur le commissaire. J'ai des révélations importantes à vous faire. Sommes-nous bien seuls ?

— Diable, grommela Benoît Bandan à demi-voix, c'est l'ogre de Doorn en personne ! Autrement dit Claudien Cascaret, flûtiste et officier d'Académie. C'est le moment de se déguiser en courant d'air !

Et il s'esquiva promptement, tirant la porte derrière lui, tandis que la voix claironnante de Claudien Cascaret lui apportait jusque dans le couloir ces révélations sensationnelles, déposées « en grand secret » dans l'oreille de Robert Massion :

— À la réflexion, monsieur le commissaire, je crois que la victime de ce fameux crime n'était pas un soldat français, mais un officier allemand déguisé en soldat français, ce qui explique les étrangetés de sa tenue, telles qu'aucun adjudant ne les auraient acceptées, et même, ce qui explique tout, selon moi…

6

La piste de Chantilly était encore fort animée pour une course d'arrière-saison. Un beau soleil d'été de la Saint-Martin chauffait les gazons jaunissants et le feuillage aux tonalités assourdies de quelques arbres. Deux ou trois parieuses avaient même hasardé des toilettes claires, et la réunion présentait une image à peine atténuée des grandes courses du mois de juin, tout comme ce jour de fin septembre paraissait un jour de juin à peine plus alangui. Tous les éléments habituels de ce spectacle bien connu des Parisiens, pelousards aux talons éculés, bookmakers affairés ou parcourant les physionomies d'un regard vif comme pour chercher une proie, élégants désœuvrés et parieurs enragés venus pour miser littéralement jusqu'à leurs boutons de manchette, se trouvaient là réunis.

Malgré le beau temps, cependant, tout le monde n'était pas dehors. Aux alentours du champ de courses, se trouvent des cabarets où l'on débite force boissons frelatées et poivrées qui nourrissent les espoirs frénétiques des uns et consolent les désespoirs non moins frénétiques des autres. Certains de ces établissements sont presque distingués et d'allure permanente ; d'autres sont de simples kiosques en bois peinturluré étalant les trésors d'une fausse fantaisie ; d'autres, enfin, sont presque

49 CHANTILLY. — Les Courses. — Le Derby, l'arrivée.

La piste de Chantilly était encore fort animée pour une course d'arrière-saison. Un beau soleil d'été de la Saint-Martin chauffait les gazons jaunissants…

333. CHANTILLY (Oise) — Les Courses · Un coin de la Pelouse

minables. Dans une espèce de baraque Adrian à laquelle les châssis de fenêtre marron clair, plus ou moins adroitement rajoutés, essayaient en vain de donner une allure bourgeoise, se trouvait installé un bistro de bas étage. Debout derrière le comptoir, à l'entrée, un vieillard à la tête de Clemenceau avachi essuyait des verres en silence. Dans la salle remplie de petites tables entourées de chaises de jardin, il y avait à peine sept ou huit consommateurs.

Au fond de la pièce, dans une semi-obscurité, une table plus longue que les autres était flanquée, en guise de sièges, non plus de chaises de jardin, mais de banquettes recouvertes en faux velours rouge, comme celles d'un cinéma de banlieue. Malgré ses dimensions, elle n'était occupée, au moment dont nous parlons, que par trois hommes, trois consommateurs, dont le plus vieux semblait dans un état d'ivresse avancée. Sa figure était rose, avec une petite barbiche blanche à deux pointes et des yeux bleus noyés par l'ivresse. Il était affalé sur la table, tétant une longue paille qui plongeait au fond d'un verre que sa main tremblante maintenait incliné à un angle inquiétant. Il n'y avait plus d'ailleurs au fond du verre que deux ou trois morceaux de glace et quelques traces d'un liquide jaunâtre que le vieillard s'efforçait en vain d'aspirer.

— *Damm your bloody eyes !*[1] s'écria-t-il d'une voix cassée. C'est une honte que des jeunes gens laissent mourir de soif un vieillard comme moi. Ah ! c'est cette maudite guerre ! Avant 14, on n'aurait pas laissé le vieux Bob mourir de soif.

1. Damnés putains d'yeux !

Aussitôt, l'un de ses interlocuteurs, qui n'était autre que Benoît Bandan, fit un signe accompagné d'un Hep! sonore, en se tournant vers le comptoir. Immédiatement le Clemenceau avachi lâcha sa serviette sale, se saisit d'une bouteille et vint remplir les trois verres.

Au moment où il allait s'éloigner :

— On n'y voit pas ici, dit Benoît Bandan. C'est ennuyeux, car je voulais montrer quelque chose à mon vieil ami Bob.

Sans prononcer une parole, le pseudo Clemenceau étendit son bras poilu qui sortait d'une manche de chemise retroussée, tourna un bouton, et une ampoule électrique s'alluma au-dessus d'eux. Puis il regagna son comptoir, toujours en silence.

— Pas la peine, pas la peine, fit le vieux Bob après une généreuse aspiration, le vieux Bob a encore bon pied bon œil, *devil's own bloody dung!*[1]

Bien qu'il jurât en anglais avec une énergie surprenante pour son âge, le vieux Bob s'exprimait en français sans le moindre accent.

— Eh bien! eh bien! qu'est-ce que c'est, tu nous quittes, master Le Blaze? dit-il en voyant son deuxième compagnon se lever après avoir vidé son verre d'un coup.

Le Blaze, grand garçon sec et basané à petite moustache noire, échangea un rapide coup d'œil avec le détective amateur et répondit avec une voix traînante :

— Oui, le gaille[2] du patron peut avoir besoin de moi après la dernière course et... on est de la revue. Au revoir la compagnie.

1. Excréments sanglants du diable!
2. GAILLE, s. m., argot : Cheval. Forme récente de *gaye* (Vidocq, 1837).

— Il a peur de se saouler, dit le vieux Bob d'un ton méprisant, après avoir de nouveau tété sa paille. La jeunesse d'aujourd'hui ne sait plus boire, *god's Pax !*

— Il boit certainement moins bien que vous, acquiesça Benoît. Voilà votre troisième verre, et je suis sûr que votre vue n'est pas le moins du monde troublée.

— Moi ? Satan *be damned !* Être saoul pour si peu. Voyez m'sieu ! Combien de doigts ici ? (Et il plaçait rapidement sa main aux doigts écartés devant ses yeux). Un, deux, trois, quatre, cinq ! Cinq doigts m'sieu ! Hein ? Ah ! il en faudrait plus que ça pour saouler le vieux Bob *Holy Rot !*[1]

— Alors, insinua Benoît, vous sauriez reconnaître quelqu'un dont je vous montrerais la photographie ?

— Je le reconnaîtrais, bien sûr, si je le connaissais. Ha ! ha ! ha !

Ayant ri bruyamment, le vieux Bob aspira d'un seul coup presque la moitié de son verre, Benoît Bandan qui, malgré les affirmations du vieillard, voyait l'ivresse monter rapidement dans ses yeux humides, s'empressa d'ajouter :

— Mais vous connaissez presque tout le monde, par ici, et même presque tous ceux qui s'occupent de chevaux en général, depuis le temps que vous vivez sur les champs de course. Du moins, c'est ce qu'on m'a dit.

— Et l'on vous a dit vrai. *Son of a gun ! Hold your bloody bun !*[2] Le vieux Bob connaît tous les damnés

Antérieurement : *caillon* dans le parler du pays de Bray, dans celui des maquignons et des cochers de fiacres (Rigaud, 1881), *gailler* (1728), *galier* (1455), du grec *gallos* : galles, prêtres [châtrés] de Cybèle.

1. Sainte charogne !
2. Enfoiré ! Accrochez-vous à la banquette !

coquins qui se sont jamais pendus à la queue d'un cheval pour en tirer de l'argent, depuis vingt ans.

— Alors, connaissez-vous celui-là ? dit brusquement Benoît en lui fourrant sous le nez une photographie collée sur un morceau de bristol.

Le vieillard, un peu surpris, laissa retomber son verre avec fracas. Il regarda la photographie insérée entre le pouce et l'index du jeune homme, secoua la tête, puis tira de sa poche un simple mouchoir couleur de banane, avec lequel il se mit à s'essuyer les yeux.

— *By golly*[1], bredouilla-t-il, qu'est-ce que c'est que ça ?

Cependant, après avoir longuement essuyé ses paupières, il remit son mouchoir dans sa poche, prit la photographie et l'examina minutieusement. Elle représentait le buste d'un homme nu-tête, les yeux clos ; il semblait dormir. Les secondes, puis les minutes, passaient, et le vieux Bob restait toujours silencieux. Il semblait complètement calmé, ne buvait plus, ne jurait plus.

Benoît Bandan le laissa faire, l'observant d'abord patiemment ; puis, au bout de deux ou trois minutes de silence, il hasarda :

— Eh bien ?

— Eh ! eh ! Alors, c'est pour ça que vous avez payé à boire au vieux Bob ?

— Oui, c'est pour ça, à quoi bon vous le cacher ?

— Vous voulez avoir des renseignements sur cet individu ?

— Oui, tous les renseignements que vous pourrez me donner.

1. Bon sang !

Le vieux Bob se renverse en arrière sur la banquette de faux velours, sans lâcher la photographie.

— Eh ! mais ça vaut de l'argent, ça, jeune homme, les renseignements !

— Combien voulez-vous ?

Le vieux Bob eut un éclair d'hésitation, puis, avec un regard oblique :

— Cent francs !

Benoît Bandan soupira, atteignit un portefeuille râpé dans la poche intérieure de son veston et en sortit sans mot dire un billet de cent francs qu'il tendit au vieillard.

— Jingo ! éjacula tout doucement celui-ci en empochant le billet, vous n'avez pas rechigné. Il faut que l'affaire soit grosse. Eh bien je vous dis, moi, mon garçon, l'affaire peut vous paraître grosse, mais ne la faites pas avec cet individu-là ! C'est une crapule.

Le policier amateur eut un mouvement vite réprimé qui n'échappa pas au vieux Bob.

— Oh ! oui ! une crapule ! Vous pouvez croire ce que je dis.

— Vous le connaissez bien ?

— Assez pour garantir ce que je dis, croyez-moi.

— Il y a longtemps que vous l'avez vu ?

— Longtemps ? Oh ! je ne le vois plus si souvent, maintenant, mais je l'ai bien connu autrefois... Oh ! maintenant... il y a bien une semaine ou plus que je ne l'ai vu. Il est peut-être à Londres, ou en bombe.

— Sous quel nom le connaissez-vous ?

— Sous quel nom ?

Le vieux de Bob parut surpris. Puis, soudain :

— Oh ! oh ! je vois. Le coquin a dû se présenter à vous sous un faux nom. C'est bien un de ses tours !

— Je n'en suis pas sûr, mais…

— Vous voulez en être sûr. Eh bien ! quel nom vous a-t-il donné ?

— Non, dites d'abord celui que vous connaissez !

— Hem, c'est que, voyez-vous, jeune homme, *by Thunder !*[1] cette affaire paraît prendre une damnée tournure.

Le vieillard hésitait. Benoît vit qu'il allait encore demander de l'argent. Pour couper court à une discussion dangereuse pour sa maigre bourse, il se hâta d'ajouter :

— Est-ce que ses initiales sont bien M. J. ?

La figure du vieux Bob s'éclaira :

— Jiminy ! Je vois qu'il vous a donné son vrai nom. Mildew, hein ? Joseph Mildew ?

— Parfaitement, c'est ça, Joseph Mildew, dit Benoît Bandan avec un soulagement qui n'était pas feint. Oh ! il ne s'agit que d'une vente de chevaux — pas pour moi — je joue simplement le rôle d'intermédiaire. Mais on ne se fait pas si facilement voler, n'est-ce pas ?

— Sûr, dit sentencieusement le vieux Bob. *Devil's backash !*[2] Dans ces choses-là, on se fait flibuster deux ou trois billets de mille comme rien.

— Et ce qui m'inquiétait — ce qui nous inquiétait — c'était que notre individu n'a pas voulu donner d'adresse. Nous ne savons même pas pour qui il travaille, ou si c'est pour son compte. Mais vous prendrez bien un autre perroquet ? Hep !

1. Mille tonnerre !
2. Par la queue du Diable !

Le faux Tigre du comptoir vint remplir encore une fois les verres. Le vieux Bob prit le sien, plein d'une liqueur verte qui faisait tout ce qu'elle pouvait pour ressembler à de l'absinthe, et où il n'y avait, en tout cas, ni eau ni sucre, la considéra avec complaisance et l'avala d'un trait.

— Oui, fit-il en clappant des lèvres et en s'affalant à nouveau sur la table. (Il avait lâché la photographie, que Benoît Bandan remit promptement dans sa poche.) Ça ne m'étonnerait pas qu'il cherche à bazarder les canassons de son patron. *Hell's bell !*[1] Il en est bien capable ! Il est capable de tout !

— C'est ce que je crains, c'est ce que nous craignons. Aussi faudrait-il savoir quel est son patron pour contrôler. Mais il n'a pas voulu le dire.

— Crapule, je vous dis ! Crapule !

— Il a beaucoup de chevaux son patron ? Je parie que c'est monsieur…

Le vieux Bob releva la tête, dans un éclair de lucidité, avec un demi-sourire.

— Oh c'est le nom du patron que vous voulez ? Bah ! tout le monde vous le dira, par ici. Non, ce n'est pas un monsieur, c'est un lord. Un Anglais. Lord Halloween. Halloween, hein, saisissez ? Écuries et propriétés, château entre Enghien et Chantilly. Tout le monde vous renseignera.

Le vieux Bob, dont la voix était devenue de plus en plus pâteuse en prononçant les dernières répliques, s'affala tout à fait sur la table, et mit sa tête dans ses bras croisés. Ses paupières rougeoyantes se fermèrent, et il s'endormit paisiblement.

1. Par la cloche du Diable !

Benoît Bandan se leva, se pencha sur lui et fit un geste comme pour l'éveiller. Puis, se ravisant, il haussa les épaules, fit un signe au Clemenceau en manches de chemise du comptoir, régla les consommations et sortit.

7

Au sortir du bistro, Benoît sauta dans un autobus qui faisait le service des courses et qui le ramena assez rapidement à Paris. Tout le long de la route, il resta songeur, et ne parut prêter aucune attention au paysage ni à ses compagnons. Arrivé à la barrière, il sauta à terre, prit le métro et rejoignit la gare Saint-Lazare. Ayant émergé dans la salle des pas perdus, il se dirigea du côté Rome, et de là passa sur les quais, à l'endroit même où se trouvait l'affiche due à une de ses plus heureuses inspirations et qui avait attiré l'attention de monsieur Parcivet et de la mystérieuse inconnue. L'affiche y était encore, mais point de Parcivet, point d'inconnue. Plus même de badauds. En deux jours, l'affiche avait cessé d'être une nouveauté ; personne ne s'y intéressait plus.

Cependant, à quelques pas de là Benoît aperçut une silhouette familière. Il alla vers l'homme et lui frappa sur l'épaule. Celui-ci se retourna : c'était Robert Massion. Il n'avait plus de casquette blanche et était vêtu comme tout le monde.

— J'avais comme une idée que je vous trouverais par ici, dit Benoît.

— Oui, vous avez bien fait ; mon collègue a repris momentanément son bureau.

— Pour travailler ?

— Oui, mais pas à des rapports. Il écrit une pièce de théâtre.

— Tiens ! pourquoi ne l'écrit-il pas chez lui ?

— Vraiment, mon cher Sherlock Holmes, aujourd'hui vous n'êtes pas en forme. Comment ne déduisez-vous pas que chez lui il a sa femme et sa belle-mère ?

— C'est juste. Mais parlons sérieusement. Vous êtes libre, maintenant ?

— Complètement libre et même désœuvré.

— Eh bien, venez dîner avec moi. Je connais un petit restaurant pas très loin d'ici.

Un quart d'heure après, les deux jeunes gens étaient attablés devant une platée de moules fumantes dans l'arrière-salle du *Vieux Charles*, restaurant tenu par un Marseillais et fréquenté surtout par les figurants des théâtres des boulevards. On y mange une cuisine originale et d'ailleurs appétissante. De vagues mentons bleus qui posaient aux grands acteurs et gardaient pour manger leur splendide pardessus à taille qui devait recouvrir un complet beaucoup moins splendide. Ils expliquaient longuement et pompeusement à de vieilles « têtes à l'huile » résignées comment ils allaient avoir du *texte*, et prononcer une phrase de huit mots, au quatrième acte, dans la prochaine pièce de Duvernois. Il y avait aussi des figurantes par groupes de deux ou trois rarement accompagnées d'hommes, qui se miraient à chaque instant dans leur miroir de poche, et échangeaient des répliques banales, prononcées sur un ton las, mais avec des manières hautaines.

— Et Gabrielle, qu'est-ce qu'elle devient ?

— Dans le troisième dessous, ma chère. Aussi quelle idée de s'acoquiner avec son violoniste. Joli garçon, je ne dis pas, mais enfin… joli garçon qu'est-ce que c'est que ça ? Peuh !

Il flottait dans les airs une odeur de lard et de cuisine à l'huile.

Robert Massion promenait sur tout cela des regards de fonctionnaire étonné.

— Très curieux. Comment diable avez-vous déniché ça ?

— Je ne l'ai pas déniché. J'y suis venu par nécessité entre la répétition de l'après-midi et la répétition du soir quand j'étais figurant, moi aussi.

— Ah ça ! vous avez donc fait tous les métiers ?

— Oui, quand j'étais étudiant.

— Et vos études ?

— C'est pour ça qu'elles ont duré très longtemps, j'ai travaillé à l'Opéra, au Châtelet, dans d'autres théâtres, j'ai moi-même eu du *texte*, une fois dans un vaudeville, à Déjazet. Un rôle de garde champêtre et je criais : « Attrapez-le ! Attrapez-le ! deux fois ».

— Vous êtes un fier original.

— Mais pas du tout, mon cher, c'est bien plus simple que ça. Il fallait bien manger. Mes études en droit ne me nourrissaient qu'une fois par semestre, aux examens, quand je touchais la partie des frais qu'on remboursait aux recalés. À peu près la moitié de ce que mes parents avaient versé. Mais je ne suis pas venu ici pour vous raconter tout ça. Il s'agit de notre enquête.

— Ah ! du nouveau ?

— Oui. J'ai identifié la victime.

Robert Massion laissa retomber une coquille de moule dans sa sauce.

— Joseph Mildew, au service d'un propriétaire anglais, lord Halloween. Je suppose qu'il a été quelque chose comme entraîneur, peut-être même jockey, autrefois. En tout cas, il était souvent chargé de négocier des achats de chevaux.

J'ai moi-même eu du texte, une fois dans un vaudeville, à Déjazet. Un rôle de garde champêtre…

— C'est faramineux. Comment avez-vous découvert tout ça ?

— Oh ! ç'a été plus ennuyeux que compliqué. Je suis allé plusieurs fois aux courses, comme vous savez ; j'ai vaqué de-ci, de-là. À Longchamp, j'ai retrouvé un artiste peintre que j'avais connu autrefois au Quartier latin, où il donnait des leçons de dessin. Tombé dans la débine, un peu grâce aux courses, je suppose, il s'était fait book. Il m'a mis en relation avec un nommé Leblase, qui a travaillé dans plusieurs écuries. Ni Leblase, ni mon peintre, n'ont pu identifier la photographie ; mais Leblase m'a déclaré que si quelqu'un pouvait me donner un tuyau, c'était un personnage nommé, ou plutôt surnommé le vieux Bob, une de ces vieilles épaves comme il y en a autour des champs de courses, et même ailleurs. Le vieux Bob vit d'une médiocre pension, à lui léguée par un gentilhomme qui s'était consacré à l'amélioration de la race chevaline. Comme sa pension est restée aux taux d'avant-guerre, le vieux Bob vit en partie de la charité publique ; il est toujours disposé à accepter les nombreuses tournées que lui payent les gens qui veulent le faire causer, pour une raison ou pour une autre. Il sait des quantités de choses bonnes à savoir, depuis plus de trente ans qu'il traîne ses bottes autour des pelouses. J'ai fait comme les autres : je l'ai arrosé.

— Et il a causé ?

— Suffisamment pour me dire l'essentiel. Il a identifié notre bonhomme, et c'était le plus important. Et il m'a dit aussi que c'était « une crapule ».

— C'est épatant. Mais comment diable la police officielle n'a-t-elle pas trouvé cela ?

— Comment voulez-vous qu'elle rencontre le vieux Bob puisqu'elle cherche ou fait chercher dans les casernes. Car, c'est toujours de ce côté qu'elle cherche, je suppose ?

— À vrai dire, je ne sais même plus si l'on cherche encore. L'affaire est déjà reléguée en deuxième page dans les journaux. Mais, que diable, si ce malheureux avait un emploi, un patron, et, sans doute aussi des camarades, comment se fait-il qu'on ne l'ait pas encore reconnu, identifié, réclamé ? En tout cas, comment sa disparition n'a-t-elle pas encore été signalée ? Ça surtout…

— Ah ! vous mettez le doigt sur le point douloureux. J'ai été sur le point de poser toutes ces questions au vieux Bob. À la réflexion, j'y ai renoncé. D'abord, à la fin de notre entretien, il était trop saoul pour répondre intelligemment. Et puis, le vieux Bob est un vieux bavard, il vit de bavardages, et je tenais à lui en dire le moins possible. Il ne se doutait même pas que l'homme dont je lui présentais la photographie était mort. Il le croit toujours vivant et je ne l'ai pas détrompé.

— Hum ! Mais alors, si vous ne voulez pas vous adresser à lui, à qui ?

— Ah ! voilà ! Il y a une chose qui m'a frappé : c'est l'affirmation répétée du vieux Bob que le défunt était une crapule. Il le considérait même comme très capable de voler son employeur. Cela pourrait servir à expliquer le silence de cet employeur. Quelles étaient au juste les relations de Mildew et de lord Halloween ? À mon sens, c'est là que gît la clef du mystère. J'ai longuement réfléchi, dans l'autobus qui me ramenait à Paris ; j'ai hésité entre divers partis ; en fait, j'hésite encore. Je n'appartiens pas au genre infaillible, vous le savez. Je suis arrivé assez vite à la conclusion que le plus simple serait peut-être d'aller s'adresser directement à lord Halloween, le plus tôt possible. J'ai même eu l'idée de quitter mon autobus pour me mettre à sa recherche, immédiatement. Puis, j'ai réfléchi qu'un sportman nommé Halloween serait probablement aux courses, et par conséquent absent de chez lui. Et puis j'étais déjà presque arrivé à Paris, vers où je m'étais dirigé machinalement. J'ai décidé d'aller vous voir d'abord, pour savoir s'il n'y avait rien de nouveau de votre côté.

— Ma foi non, absolument rien. Mon côté est stationnaire.

— Eh bien, puisqu'il en est ainsi… Tenez, le mieux est de régler tout de suite cette question. Si vous voulez, dès que nous aurons fini de dîner, ce qui ne tardera pas, nous irons tout de suite chez lord Halloween. Mais d'abord, où niche-t-il, cet oiseau-là ? Rrrrçon ! Rrrrçon !

À cet appel, un long garçon jaune et noir, d'allure cadavérique, s'approcha sans se presser de la table où dînaient les deux collaborateurs. Sur la demande de Benoît, il lui apporta le Bottin. Le policier amateur feuilleta nerveusement quelques minutes le deuxième volume des *Départements*, à la lettre *S* (Seine-et-Oise), puis poussa un soupir.

— Eh bien, voilà. La gare la plus proche est Soisy-sous-Montmorency. Il faut changer à Enghien. C'est bien un château : les petites tourelles typographiques sont après son nom.

— Mais… dit Robert Massion, qui n'avait encore pu se faire aux décisions soudaines de son compagnon, ne croyez-vous pas que c'est une course inutile ? Nous allons arriver là-bas à neuf heures du soir, au plus tôt.

— Tant mieux. Comme tous les gens riches, lord Halloween doit se lever tard et, par conséquent, se coucher tard. Il doit employer la matinée à visiter ses écuries, l'après-midi à aller aux courses. Nous avons autant et plus de chance de le trouver chez lui à neuf heures du soir qu'à toute autre heure de la journée.

— Hum ! Enfin, soit, c'est une chance à courir.

— Voyez-vous, le silence des officiels m'inquiète. Je ne veux pas me laisser devancer. Et puis, j'ai comme une idée que c'est aujourd'hui que je trouverai…

— Un pressentiment… ?

Robert Massion héla un taxi et ils se firent conduire à la gare du Nord.

— Oh, blaguez-moi si vous voulez. D'ailleurs, vous avez raison, très probablement. Mettons, si vous voulez, pour être raisonnable, que je veux utiliser l'état d'excitation dans lequel je me trouve. Maintenant, je suis en train, toutes les données du problème sont au premier plan de mon esprit ; mon enquête a plus de chances d'être profitable.

— Mais, je ne demande qu'à vous suivre ! Vous avez obtenu de trop beaux résultats déjà pour qu'on vous chicane sur vos méthodes.

— Eh bien, partons tout de suite.

Tout en conversant, en effet, ils étaient arrivés au dessert et chipotaient une coupe de fruits. Renonçant au café, Benoît solda sa dépense. Ils partirent ; Robert Massion héla un taxi et ils se firent conduire à la gare du Nord.

— Vous avez la chance, dit le commissaire au moment où, dans la nuit brumeuse, leur apparut le cadran lumineux de la gare. Il est 7 heures 45 et si l'horaire n'est pas changé, il doit y avoir un train pour Enghien dans trois minutes.

Ils traversèrent la cour de la gare d'un pas rapide. « Venez, dit Robert, j'ai une passe, je crois que je puis vous dispenser de prendre un billet, et nous serons plus sûrs d'avoir le train. »

Ils pénétrèrent en effet sur le quai sans encombre et se trouvèrent bientôt installés sur les banquettes d'un train de grande banlieue.

— Avez-vous remarqué, dit Robert Massion, en se renversant sur les coussins poussiéreux du compartiment de seconde classe où ils se trouvaient tous les deux seuls, que toute cette histoire se passe presque entièrement dans les gares ou dans les trains. Le meurtre a eu lieu au départ d'un train, le cadavre est examiné pour la première fois dans ce petit bureau de la gare d'Asnières, où nous nous sommes vus aussi pour la première fois. C'est à Saint-Lazare que vous avez aperçu pour la première fois la mystérieuse inconnue, et maintenant nous voilà encore dans un train, à la chasse aux renseignements. Ne trouvez-vous pas que cela donne à toute l'affaire un cachet bien moderne ?

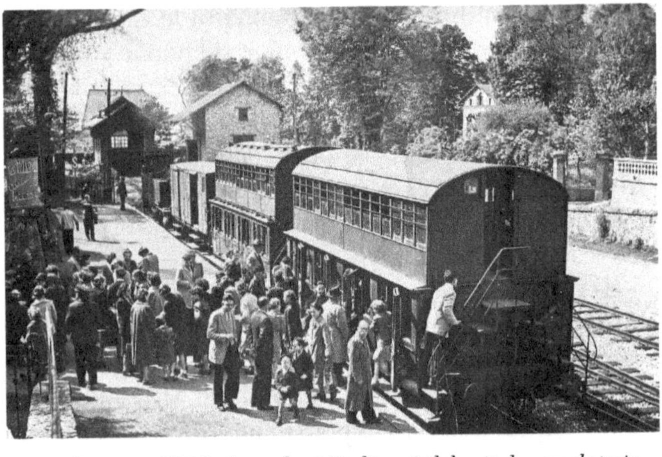

... il aurait oublié de descendre à Enghien où il devait changer de train.

— Heuh ! dit Benoît, bien moderne ? Je ne sais pas. Le chemin de fer est déjà une vieille chose. Sous le Second Empire, époque désormais historique, on s'en servait autant et plus que maintenant. La locomotive ne tardera peut-être pas beaucoup à rejoindre la diligence au musée des antiquités, et alors, ceux à qui nous raconterons cette histoire éprouveront la même impression que nous lorsque nous voyons jouer *Le Courrier de Lyon*. Non, décidément je crois que c'est un drame historique que nous vivons en ce moment-ci, pas du tout un drame moderne.

— Sapristi, dit Robert un peu interloqué, vous êtes plutôt dur pour le chemin de fer et ses employés. Ce que j'aime chez vous, c'est que vos conclusions sont toujours inattendues.

— C'est qu'elles ne sont pas modernes sur les préjugés ou les idées toutes faites, mais sur la vérité que je m'efforce de distinguer. Voulez-vous surprendre, étonner, choquer ? Inutile d'aller chercher midi à quatorze heures. Vous n'avez tout simplement qu'à dire ce que vous pensez.

— Ah ! ah ! Eh bien, qu'est-ce que vous pensez ?

— Pour l'instant, je pense à mon inconnue. Je crois que nous sommes sur la bonne piste.

— Vous croyez que vous allez la trouver à Enghien et dans les environs ?

— Non, je ne le crois pas, ou du moins, c'est peu probable. Elle est sans doute à Paris en ce moment. N'importe, le chemin que nous suivons, malgré ses détours, est celui qui nous mènera jusqu'à elle dans le minimum de temps. Chaque tour de roue nous rapproche de

La petite gare de Soisy-sous-Montmorency est semblable à beaucoup de gares de banlieue…

Robert entra dans une petite épicerie où l'on vendait des cornets-surprises et des bonbons coquelicots…

cette femme. Nous n'avons cessé de nous rapprocher d'elle depuis le début de cette enquête. Rappelez-vous : d'abord, ce n'était qu'une figure brumeuse et hypothétique, entrevue au bout d'un raisonnement ; puis elle s'est matérialisée pour ainsi dire, grâce à la baguette, je veux dire au témoignage de l'enchanteur Parcivet. Elle s'est évanouie aussitôt, mais nous recommencerons la conjuration, nous l'évoquerons encore, soyez tranquilles.

Sur ces dernières paroles. Benoît Bandan tomba dans une rêverie dont il ne sortit plus jusqu'à la fin du voyage. Il était si profondément absorbé que, sans son compagnon, il aurait oublié de descendre à Enghien où il devait changer de train. Ils arrivèrent peu après à Soisy.

La petite gare de Soisy-sous-Montmorency est semblable à beaucoup de gares de banlieue : quelques bâtiments nichés dans la verdure le long de la voie. Des rues montueuses plus semblables à des sentiers qu'à des rues en descendent, et s'engagent dans un dédale de villas coquettes mêlées à des débris de villages avec de petites épiceries qui rappellent le temps où ce pays était vraiment la province.

Gare et rues étaient à peu près désertes quand nos enquêteurs bénévoles descendirent du train. Benoît Bandan paraissait sortir d'un rêve, et, pour un détective amateur, il avait l'air, ce soir-là, plutôt empoté. Il restait planté sur le terre-plein, à la sortie de la gare, comme s'il tombait d'une autre planète, il semblait tout désorienté.

Ce fut Robert Massion qui l'entraîna vers un groupe de maisons où l'on apercevait des lumières. Ce fut Robert encore qui entra dans une petite épicerie où l'on vendait des cornets-surprises et des bonbons *coquelicots*[1], et qui interrogea la matrone aux cheveux gris tirés en arrière et rassemblés en chignon d'avant-guerre.

Cette dame du lieu, qui tricotait une paire de bas, brandit une de ses aiguilles à tricoter et la fourra immédiatement dans son chignon.

... c'est une grande bâtisse avec des centaines de chambres; on pourrait loger un régiment dans c'te caserne.

1. Le vrai bonbon *coquelicot*, au goût fleuri et fruité, légèrement acidulé et givré à l'ancienne, est aromatisé à la framboise et à la fève de tonka. Ce bonbon, né à Nemours en 1850, est aujourd'hui un produit d'antan que l'on ne trouve plus qu'en confiserie ou dans les épiceries de luxe.

— Laura Lovine[1], que vous dites ? Non, je ne connais pas ça. Pas de femme de ce nom-là par ici. Oh ! c'est un homme ? Un Anglais ? Ah ! oui, c'est possible après tout. Les Anglais ont de si drôles de noms. Pour sûr qu'il y en a un qui a un château près d'ici. Je ne sais pas son nom, mais ça doit être un drôle de nom. Pour le chemin pour y aller, ça n'est pas difficile, mais c'est un peu long. Vous n'avez qu'à prendre le chemin qui passe par ici, par-devant la maison, à droite, et suivre pendant un kilomètre, peut-être deux. Il n'y a pas moyen de se tromper, c'est une grande bâtisse avec des centaines de chambres ; on pourrait loger un régiment dans c'te caserne. Et il y a un grand parc autour. Pour sûr, il n'y a pas deux casernes comme ça par ici. Pas moyen de se tromper.

Robert Massion remercia chaleureusement la bonne femme et sortit, traînant toujours Benoît Bandan à sa remorque. La fraîcheur de la nuit et la marche parurent le sortir quelque peu de sa torpeur, et il fit un peu plus attention aux lieux où il se trouvait. Cependant, il demeura silencieux pendant presque tout le trajet. Ce ne fut que lorsqu'ils aperçurent devant eux la « grande bâtisse » décrite par la marchande de cornets-surprises, qu'il prononça quelques paroles.

— Évidemment, dit-il, l'endroit est bien choisi pour un homme qui s'intéresse à la race chevaline. Il doit avoir au moins une partie de ses bêtes ici. Peut-être même que l'on rejoint les terrains d'entraînement quelque part, par le parc. Dans ce cas… Nous allons peut-être savoir quelque chose.

1. La phonétique est ici reprise de l'expression de Robert Massion, qui ne parle ni ne comprend l'anglais.

On n'accédait pas directement à la demeure palatiale, quoique sans style, qui se dressait à quelque distance du sentier décoré pompeusement du nom de rue. Une maison basse, pierre et brique, évidemment la loge du concierge, s'aplatissait près de l'entrée.

Robert Massion sonna, et aussitôt la porte s'ouvrit. Deux hommes, debout dans une pièce presque nue et mal éclairée, les invitèrent à entrer. Un petit homme moustachu et voûté, évidemment l'occupant de la loge, s'empressa de leur dire que lord Halloween ne recevait pas en ce moment.

— Il s'agit d'une affaire très importante, insista Benoît Bandan.

Le deuxième personnage, important et ventru, à favoris d'amiral, évidemment un maître d'hôtel, le type même du *butler* anglais, intervint.

— Puis-je vous demander d'indiquer au moins d'une manière générale, l'objet de votre visite ? dit-il d'une voix suave.

Benoît Bandan, qui semblait redevenu lui-même, dirigea sur le maître d'hôtel un regard perçant. Puis, sans mot dire, il tira une carte de son portefeuille, griffonna quelques mots dessus avec un bout de crayon, et tendit la carte, à découvert, au majestueux personnage. Celui-ci y jeta un rapide coup d'œil, haussa les sourcils, eut une légère hésitation puis dit simplement :

— Veuillez me suivre, messieurs.

8

L'épicière n'avait presque pas exagéré en disant qu'il y avait des centaines de chambres. Après avoir suivi l'allée de gravier jusqu'au corps de logis principal, les deux amis, toujours précédés par le *butler*, étaient entrés dans un vaste vestibule, un hall. Puis ils traversèrent une série de couloirs et de pièces diverses meublées, montèrent un étage, deux étages et furent finalement introduits dans un petit salon garni de divans bas et de pseudo-turqueries. De longues pipes enguirlandées de cordelières étaient accrochées aux murs généreusement garnis de tentures sombres. Leur guide leur dit, comme en s'excusant :

— Sa Seigneurie ne reçoit ordinairement pas ici, et je ne puis même affirmer absolument qu'il vous recevra. Cependant, hem, vu les circonstances…

Il laissa sa phrase inachevée, souleva une portière et disparut.

Robert Massion, les mains sous les basques de son pardessus, examina la pièce :

— C'est assez cocasse, par ici, dit-il.

Mais Benoît Bandan ne semblait pas en humeur de conversation. Assis sur un fauteuil bas, son chapeau sur les genoux, dans une pose d'enfant bien sage, il restait strictement immobile et silencieux. Robert haussa les épaules et s'assit à son tour.

Quelques minutes s'écoulèrent dans un complet silence, puis, derrière une porte située à l'opposé de celle par où était passé le maître d'hôtel, et qui par hasard n'était pas drapée d'une portière, mais que sa couleur sombre empêchait de distinguer tout d'abord, deux voix se firent entendre. Montées toutes deux à un diapason élevé, il était cependant difficile de distinguer les paroles. On comprenait seulement que les deux interlocuteurs se querellaient. Robert Massion bondit sur ses pieds, puis s'arrêta court, immobilisé par un geste de Benoît. Il tendit l'oreille quelques secondes, puis, avec un geste de dépit :

— Zut ! dit-il à mi-voix, c'est du chinois.

— C'est de l'anglais, dit Benoît en lui faisant signe de se taire. Chut !

Mais déjà la dispute s'était interrompue brusquement ; la dernière phrase venait d'être coupée en deux par le claquement d'une porte. De nouveau le silence régna.

— Avez-vous compris quelque chose ? chuchota Robert Massion.

— Je n'ai compris qu'une phrase, et elle ne signifie pas grand'chose.

— Ah ! qu'est-ce que c'était ?

— La voici, textuellement : « *I am fed up with circus tricks!* »

— Traduisez donc puisque je vous dis que pour moi c'est du chinois !

Avant que Benoît Bandan eût le temps de répondre, le pêne grinça dans la gâche, de l'autre côté de la porte. Le policier amateur referma la bouche et se leva. La porte s'ouvrit et un homme de belle allure apparut dans l'encadrement. Il avait des cheveux blond foncé strictement peignés avec la raie au milieu, une moustache tombante qui cachait sa bouche, des yeux bleus, un faux col haut et droit, et une cravate genre plastron, exactement pareille à celles qu'affectionne Henri Bergson. Il était parfaitement mis et très élégant, mais d'une élégance qui sentait un peu l'Exposition de 1900, aux environs de laquelle il avait dû être dans la fleur de son bel âge. C'était évidemment lord Halloween.

Une fugitive expression de contrariété passa comme un éclair sur la physionomie du noble lord lorsqu'il aperçut les deux compagnons, mais elle disparut aussitôt.

— Veuillez vous asseoir, leur dit-il avec une politesse un peu raide, mais sans aucun accent.

Il était clair qu'il était depuis longtemps fixé en France. Il y eut un court silence, et comme Benoît Bandan ne se décidait pas à le rompre, lord Halloween reprit avec une nuance d'aspérité :

— Puis-je savoir quel est l'objet de votre visite ?

— Je l'ai mentionné sur la carte que le maître d'hôtel a dû vous remettre.

— Myers m'a remis une carte, en effet, mais elle n'était pas très explicite. On me disait seulement qu'il était question du sort de Joseph Mildew.

— Ce Mildew est donc bien à votre service ?

— Pardon, mais… interrompit lord Halloween avec une nuance de hauteur, est-ce que vous appartiendriez à la police ? Vous représentez sans doute une commission rogatoire ?

Au lieu de se fâcher, Benoît sourit :

— J'admire, monsieur, votre connaissance approfondie du langage judiciaire.

Le noble lord fronça les sourcils.

— Non, poursuivit imperturbablement Benoît, nous n'appartenons pas à la police, mais il se pourrait bien que la police fut bientôt mêlée à cette affaire, et l'éventualité d'une commission rogatoire, ou tout au moins d'une citation à comparaître, ne vous paraîtra sans doute plus, d'ici quelques jours, aussi extraordinaire.

— Vraiment ? Je voudrais bien savoir comment cela se pourrait ?

— C'est justement pour le savoir que nous sommes venus ici. Voilà une photographie que nous supposons être celle de Joseph Mildew. Voyez-vous quelque inconvénient à nous dire si cette supposition est exacte ?

Il tendait à son interlocuteur la photographie qui avait déjà provoqué les révélations du vieux Bob. L'orgueilleux *nobleman* se pencha pour y jeter un coup d'œil, et, de nouveau, une fugitive expression de contrariété passa sur ses traits pour disparaître aussitôt. Il y eut une pause assez longue.

— Je ne vois pas, dit enfin lord Halloween semblant réfléchir à la valeur de chaque mot, pourquoi je ne conviendrais pas que ceci ressemble fort, en effet, à un portrait de Joseph Mildew, qui fut longtemps à mon service.

— Qui fut ? Il n'y est donc plus ?

Lord Halloween se tut encore avant de répondre. Il devenait de plus en plus clair qu'il pesait ses moindres paroles avec un soin extrême.

— Si, dit-il, il est encore à mon service, à moins qu'il

ne l'ait quitté sans m'en avertir. Je l'avais envoyé il y a une quinzaine dans le Devonshire pour négocier un achat de quelques étalons.

Cette fois, ce fut au tour de Benoît de se taire. Le gentilhomme anglais ne put empêcher de laisser percer une très légère pointe d'embarras. Pour se donner une contenance, il regarda de nouveau la photographie, qu'il avait saisie et balançait négligemment entre le bout du pouce et le bout de l'index.

— Quelle singulière photographie ! Il a l'air de dormir.

— Il ne dort pas, il est mort.

— Mort ! Vous... plaisantez !

— Pas du tout. Cette photographie est celle d'un individu assassiné il y a quelques jours en pleine gare Saint-Lazare. Elle a d'ailleurs paru dans les journaux, car le crime a fait quelque bruit. Je m'étonne que vous ne l'y ayez pas aperçue.

— Je ne lis guère les journaux quotidiens, en dehors du *Times*, qui ne publie que très exceptionnellement des photographies. Je n'y aurais pas, assurément, cherché celle d'un domestique.

— La durée de son absence n'était-elle pas anormale ?

— Nullement. Les négociations de ce genre peuvent parfaitement exiger plusieurs semaines. Mais, encore une fois, serait-ce trop exiger que de vous demander de m'expliquer quel est votre rôle dans tout ceci ?

— Le fait qu'il y a eu crime vous l'explique suffisamment. Sans appartenir à la police officielle, je m'occupe de criminologie. J'ai déjà eu l'occasion d'éprouver mes méthodes dans des affaires de ce genre.

— Oh ! je vois ! Vous êtes de ces gens qu'on appelle détectives… Je dois vous avouer que je ne crois guère aux vertus que l'on attribue, un peu à la légère, à ces sortes de gens.

— Vous avez parfaitement raison. D'ailleurs, nous n'avons pas le pouvoir — ni l'intention — de changer quoi que ce soit aux opinions personnelles. Nous voudrions seulement savoir si vous êtes capable — ou désireux — de jeter quelque lumière sur le meurtre d'un homme qui était à votre service ?

Le gentilhomme, qui s'était laissé entraîner à lancer un peu plus vite ses dernières répliques, serra les lèvres sous ses belles moustaches et réfléchit de nouveau longuement. Benoît Bandan, impassible, lui laissa prendre tout son temps.

— Je pense, dit-il enfin, que je puis faire une exception en votre faveur. Vous me semblez assez habile, car vous avez devancé la police pour identifier mon infortuné serviteur…

Il s'arrêta avec un air interrogateur.

— Oui, dit Benoît. Autant que je sache, la police ignore actuellement encore qui est l'homme assassiné gare Saint-Lazare. J'ai découvert son identité à moi seul, et je n'ai communiqué mes renseignements qu'à monsieur.

Lord Halloween jeta un coup d'œil rapide sur Robert Massion, qui se trouvait ainsi désigné, et s'inclina très légèrement.

— Cette découverte vous fait honneur, monsieur, dit-il en s'adressant à Benoît Bandan, et elle me dicte le parti que je dois prendre. Voulez-vous vous charger, pour mon compte, de retrouver les assassins de ce malheureux ?

— Je suis résolu à les retrouver en tout état de cause.

— C'est parfait. Il ne nous reste plus qu'à fixer le montant de… la première avance de fonds. Croyez-vous que… une somme de… disons deux mille francs, serait suffisante ?

En disant cela, il examinait Benoît d'un regard qui le toisait presque. Notre détective ouvrit la bouche comme pour répondre, puis parut se raviser et la referma. Puis il la rouvrit aussitôt pour dire :

— Deux mille francs seront plus que suffisants, monsieur.

Cette fois, l'éclair qui traversa la physionomie de lord Halloween fut un éclair de satisfaction. Il se dirigea rapidement vers une petite table basse, s'assit sur un tabouret, et, en un rien de temps, eut rempli avec son stylo un chèque, qu'il tendit à Benoît en disant :

— Surtout, naturellement, tenez-moi au courant de vos moindres découvertes.

Benoît Bandan mit paisiblement le chèque dans sa poche et répondit :

— Je pense pouvoir vous annoncer des choses intéressantes d'ici peu, monsieur.

— Oh ! prenez tout le temps nécessaire. Je sais que ces enquêtes durent souvent fort longtemps. Monsieur…

D'un signe de tête, il indiquait que l'entrevue était terminée. Benoît parut accepter le congé qu'on lui signifiait, et, après avoir rendu le salut, se dirigea vers la porte. Mais au moment où elle s'ouvrait pour laisser apparaître le maître d'hôtel accouru à l'appel d'un timbre et chargé de reconduire les visiteurs, il se retourna brusquement :

— Ainsi mylord, vous ne connaissez aucun détail de nature à jeter quelque lumière sur cette mort mystérieuse ?

Lord Halloween qui se dirigeait déjà vers le fond de la pièce, s'arrêta net et répondit avec une irritation à peine dissimulée :

— Aucun, monsieur, aucun ! N'est-ce pas à vous de chercher, maintenant que je vous ai chargé de cette affaire ?

— Vous avez raison. Je chercherai, monsieur, et je trouverai.

Les paroles étaient humbles, mais le ton ne l'était pas. Il y avait comme une nuance de défi dans la voix du criminologiste amateur. Mais avant que lord Halloween eût pu songer à le questionner, il avait enfoncé son chapeau sur sa tête, et, suivi de Robert Massion, s'était enfoncé dans le dédale des couloirs sur les pas du maître d'hôtel.

9

— Qu'est-ce que vous pensez de cette conversation ? demanda Benoît à son collaborateur bénévole, dès qu'ils se retrouvèrent dans les ruelles obscures de Soisy-sous-Montmorency.

— Moi ? Je pense que vous avez eu rudement de la chance de trouver si vite un client riche et complaisant. Fichtre ! Voilà deux mille francs qui ont été vite gagnés.

— De la chance ? répondit Benoît d'un air pensif. Croyez-vous ? La chance a bon dos. Est-ce bien vraiment de la chance ?

— Naturellement, naturellement, votre habileté à devancer la police méritait certainement cette récompense, et mieux encore ! La chance favorise surtout les habiles, bien entendu.

— Non, mon cher ami, ce n'est pas cela que je veux dire. Ce n'est pas une flatterie que je vous demandais.

— Mais vous auriez parfaitement le droit d'en demander, et lord Halloween…

— Lord Halloween est bien loin de songer à me flatter. Il me considère comme un individu louche et subalterne, c'est parfaitement clair.

— Je crois que vous exagérez. Son accueil…

— Son accueil a été tout ce qu'il y a de plus équivoque

et méfiant. Tout est étrange dans cette entrevue, dès qu'on y réfléchit. D'abord, le fait même qu'elle nous a été accordée, que nous avons été reçus. Logiquement, raisonnablement, nous ne devions pas l'être. Vous me direz que c'est moi qui ai pris l'initiative de cette démarche, et que j'en espérais le succès. Mais j'obéissais à une impulsion peu raisonnée, et je comptais arriver à calmer mes nerfs beaucoup plus qu'à obtenir un résultat positif. Pour qu'un homme comme lord Halloween reçoive presque immédiatement, à dix heures et demie du soir, deux individus qui lui sont parfaitement inconnus, il faut que ces individus soient en possession d'un talisman. Or, pour tout talisman, je n'avais que le nom de Joseph Mildew.

... ils se retrouvèrent dans les ruelles obscures de Soisy-sous-Montmorency.

— Cela prouve qu'il s'intéresse à son domestique.

— Oh ! oui ! il s'y intéresse, mais pas par bonté d'âme, soyez-en sûr. Ce Mildew, cette crapule, comme dit le vieux Bob, n'était sûrement pas l'homme capable d'inspirer une affection quelconque à un personnage comme celui que nous venons de voir. Non, ce n'est pas la philanthropie qui fait agir lord Halloween, mais un tout autre sentiment.

— Lequel ?

— À mon avis, la peur.

— La peur ? Oh ! oh ! Et de quoi aurait-il peur ? Ce n'est tout de même pas lui qui a tué Mildew !

— Bien sûr que non ! Absurde !... Mais il en sait plus long qu'il ne veut en convenir. Vous n'avez donc pas remarqué comme il pesait ses moindres paroles ?

Il était hanté par la préoccupation de ne lâcher aucun mot compromettant ; mais cette préoccupation même était trop visible, et le trahissait. Je lui parlais, exprès, sur un ton assez sec. Un homme comme lui m'aurait tout de suite rembarré, s'il n'avait été retenu par quelque arrière-pensée : il voulait me voir venir, savoir ce que j'avais dans le ventre. Il ne désirait pas tant, d'ailleurs, apprendre de moi quelque chose, que savoir jusqu'où s'étendait mon savoir. Avez-vous remarqué comme il a été peu surpris quand je lui ai annoncé brusquement l'assassinat ? Il y a le flegme anglais, vous me direz, mais c'est égal ! Et son excuse pour expliquer son ignorance du crime, bien banale ! Il ne lit que le *Times* ? Allons donc !... Pour moi, ça ne fait pas de doute, avant même de nous recevoir, il savait que Mildew était mort. C'est même pour ça qu'il nous a reçus.

— Diable ! Alors vous pensez qu'il est au courant du crime ?

— Au courant ? C'est beaucoup dire… Avez-vous jamais été en Angleterre ?

— Non.

— J'y ai été. Eh bien ! les Anglais sont très différents de nous au point de vue de la curiosité. Il y a des tas de choses, non seulement qu'ils ne cherchent pas à savoir, mais qu'ils ne *veulent* pas savoir. Et même quand ils savent, la plupart du temps, ils préfèrent ne pas dire, ne pas élucider leur savoir. Il y a des tas de choses, pour un Anglais, qui seront *better left unsaid*, qu'il vaut mieux laisser à l'état de choses non dites, sous-entendues. L'attitude de lord Halloween ne peut bien se comprendre qu'en fonction de cet état d'esprit. Il se doute de quelque chose, il a peut-être tous les éléments nécessaires pour acquérir une certitude, mais il ne veut pas l'acquérir ; il préfère laisser quelque chose dans les limbes des pensées non formulées.

— Mais alors, s'il préfère ne rien savoir, pourquoi vous a-t-il offert deux mille francs pour faire des recherches ?

— Mais c'est que, justement, je crois bien qu'il me les a offerts pour ne *pas* faire de recherches.

— Ah ! par exemple ! Vous m'épatez !

— Mais non, mon cher, je vous le répète : avec les Anglais, ce qui est sous-entendu a, les trois quarts du temps, beaucoup plus d'importance que ce qui est exprimé. Vous n'avez fait attention qu'aux paroles ouvertement échangées, au dialogue superficiel ; mais, par en dessous, pour ainsi dire, il y avait un autre dialogue, qui pouvait se résumer ainsi : « Allons, mon garçon, tu viens te mêler de mes affaires ? Qu'est-ce que tu veux ? De l'argent ? Probablement, car tu as l'air plutôt minable… Eh bien ! voilà deux mille francs. Est-ce assez ?… Prends, mais, désormais, ne fais plus un geste, plus un pas, sans venir m'en rendre compte. »

— Oh ! oh ! Mais alors… si c'est comme ça, il a dû croire que nous étions venus nous livrer à quelque chose comme… une tentative de chantage ?

— C'est infiniment probable.

— Oh !… Mais ça a l'air de vous laisser froid ? Et si vous êtes si sûr de votre fait, pourquoi avez-vous accepté son chèque ?

— Calmez votre imagination, mon généreux camarade ! Le chèque, j'ai été sur le point de le refuser, vous avez dû le voir. La stricte honnêteté l'aurait exigé, en effet. Mais fallait-il mettre l'Anglais sur ses gardes ? Refuser, c'était l'inquiéter, en faire un ennemi, compliquer les choses. Qui sait ? Il aurait peut-être immédiatement lancé des espions à nos trousses. Mieux valait lui laisser croire, pour quelque temps du moins, que nous allions devenir des espions à sa solde. Mais rassurez-vous : son chèque, je ne suis pas prêt à le toucher. Je vais le garder soigneusement, intact, pour être prêt à le rendre dès qu'il ne sera plus nécessaire de prolonger la tromperie. Et pourtant, acheva-t-il avec un soupir, j'aurai du mérite, car cette affaire commence à me coûter cher, et je suis loin d'être milliardaire.

— Oh ! s'exclama Robert, pardonnez-moi, mon cher ami, de vous avoir soupçonné. Et vous savez, si vous avez besoin d'argent, permettez-moi… je suis assez à l'aise pour un célibataire…

— Non, merci, je n'en suis pas encore là. Mais merci tout de même. Par le temps qui court, risquer de vous mettre à la merci d'un tapeur, si je l'étais, c'est une preuve d'amitié que je n'oublierai pas.

Tout en causant, ils étaient arrivés devant la petite gare, plus déserte que jamais, et éclairée seulement par quelques lumignons. Ils constatèrent qu'il n'y avait pas de train avant vingt minutes et se mirent à faire les cent pas sur le quai vide, où de larges zones d'ombre alternaient avec les lueurs tremblotantes des réverbères mesquins qui coiffaient des poteaux plantés tout de guingois.

— Mais enfin, dit Robert Massion, vous aurez beau dire, je ne puis comprendre quel intérêt lord Halloween peut avoir à cacher ce qu'il sait, si tant est qu'il sache quelque chose. Car enfin, se taire, c'est couvrir l'assassin, c'est se rendre complice, et pourquoi diable ?

Tout en causant, ils étaient arrivés devant la petite gare, plus déserte que jamais, et éclairée seulement par quelques lumignons.

Benoît Bandan haussa les épaules.

— Voyons, insista Massion, je commence à vous connaître. Vous ne me ferez pas croire que vous n'avez pas envisagé cette question. Et si elle ne vous arrête pas, c'est que vous avez déjà trouvé une réponse.

Benoît Bandan sourit.

— Oh ! oh ! vous êtes diablement fin, monsieur le commissaire.

— Je suis tout simplement curieux — et pas Anglais. Oh ! mais, pas Anglais pour deux sous ! Je préfère les choses clairement exprimées à celles qui sont sous-entendues, et de beaucoup !

— Eh bien ! oui, c'est vrai : j'ai envisagé la question. Mais la réponse que j'entrevois, c'est quelque chose de si vague, de si brumeux ! Ce n'est qu'une hypothèse, et bien romanesque. Ça peut s'évanouir aussi bien que se préciser.

— Ça ne fait rien, dites tout de même.

— Eh bien ! mon cher, puisque vous voulez savoir ce qui pourrait pousser lord Halloween à couvrir l'assassin, rappelez-vous que, d'après nos calculs, l'assassin est une femme.

— Fichtre ! c'est bien romanesque, en effet.

— Oui. Mais pourtant, voilà un bonhomme qui est depuis longtemps en France ; il parle sans accent ; il a peut-être reçu une partie de son éducation ici. Il est riche, célibataire. Croyez-vous qu'il soit resté tout ce temps-là insensible aux charmes de nos compatriotes ?

— Oui, oui. Comme ça, en effet, je comprends... Mais...

— Mais rappelez-vous qu'en arrivant chez lui, grâce à une maladresse du maître d'hôtel, qui a dû être vertement tancé de ce fait, nous avons entendu la fin d'une altercation. L'une des deux voix a été certainement celle de lord Halloween.

— C'est vrai.

— L'autre, celle d'une personne qui le suivait et même le poursuivait, en parlant avec animation, jusque dans la pièce voisine de celle où nous étions. Le noble lord s'est débarrassé de cette personne en la repoussant dans une autre pièce, puis il est venu ouvrir la porte du fumoir turc. Or, la voix de cette personne mystérieuse était une voix de femme.

— Pff !... Alors, alors ! Vous pensez que la meurtrière, la femme mystérieuse, la femme de l'affiche, celle que Parcivet a vue, enfin, était là, derrière la porte, à quelques pas de nous ? C'est du feuilleton !

— Je ne dis pas ça ! Je ne dis pas ça ! Comme vous y allez ! Voilà pourquoi j'aurais préféré me taire. Vous me faites dire, affirmer même des choses qu'il serait absurde d'affirmer... pour le moment. Mais enfin, nous avons recueilli ce soir certaines observations, qui peuvent être bien suggestives, comme vous voyez.

— Certes oui ! Mais, j'y songe, ne m'avez-vous pas dit que vous aviez saisi au vol une phrase de ce fameux entretien derrière la porte ?

— Oui, une seule, prononcée par Halloween : *I am fed up with circus tricks !*

— Qu'est-ce que ça veut dire ?

— Ça veut dire, à peu près : *J'en ai soupé des tours de cirque !*

— Ça ne veut pas dire grand'chose, en effet.

— Oui, mais c'est le ton qui fait la chanson, et le ton

impliquait que lord Halloween n'avait pas lieu d'être satisfait de son interlocutrice. Le galant gentilhomme s'exprimait d'une façon qui n'était pas excessivement galante, ni même gentille. Et, si j'ai bien saisi l'allure générale de la conversation, le mot *cirque* impliquait une comparaison qui n'était guère flatteuse. Ça signifiait à peu près : j'en ai soupé des tours de baladins, ou de baladines, puisqu'il s'agissait d'une femme. En somme, c'était une insulte, et presque grossière, et, pour s'oublier ainsi, il devait être dans une violente colère.

— Pourtant, il a été très calme avec nous.

— C'est qu'il employait toute son énergie à se dominer. Et s'il jugeait bon d'employer toute son énergie, c'est vrai qu'il y avait en jeu de puissants intérêts. C'est clair. Sérieusement, voyez-vous, si ce gentilhomme sportif voulait causer, il pourrait en dire long.

À ce moment, un employé somnolant, balançant une lanterne au bout de son bras, invita d'une voix traînante « les ouaiageurs 'our 'Aris » à monter « en ouature ». Une fois installés dans leur compartiment mal éclairé, où ils furent bientôt rejoints par une espèce de maquignon ventru, les deux compagnons interrompirent leur conversation. Benoît Bandan somnolait ou faisait semblant. Il se réveilla de lui-même à Enghien, mais garda le silence pendant la halte forcée qu'y firent les deux collaborateurs, et, de même, resta taciturne et rencogné dans son coin jusqu'au moment où le train démarra. À ce moment, comme mû par un ressort, il se précipita à la portière, pencha son buste au dehors, et chercha vainement à percer l'obscurité piquée de lueurs tremblotantes qui s'étendait autour du convoi. Comme celui-ci prenait de la vitesse, il rentra son buste, releva la glace et se rassit avec un soupir.

— Qu'est-ce qu'il y a donc ? demanda Robert Massion.

— Oh ! rien. J'avais cru…

— Quoi ?

— Non, rien.

Et il se recroquevilla de nouveau dans son coin et ferma les yeux. Massion n'insista pas, s'allongea de son côté dans le coin opposé et finit par s'endormir tout à fait. Quand le train arriva en gare du Nord, ce fut Benoît qui dut le secouer. Il se leva, encore à moitié endormi, se redressa sur son séant, se frotta les yeux, puis, d'un geste machinal, porta la main à la poche intérieure de son veston.

Quand le train arriva en gare du Nord, ce fut Benoît qui dut le secouer.

— Ah ! sapristi !

— Vous avez perdu quelque chose ? interrogea Benoît.

— Je ne retrouve plus ma passe. Nous voilà réduits à l'état de voyageurs sans billet.

— Hum ! fit simplement Benoît en hochant la tête.

— Oh ! nous ne serons pas embêtés pour ça. Nous ne serons sans doute même pas obligés de payer, car ce serait bien le diable s'il n'y avait pas ici quelqu'un que je connais. Mais c'est embêtant.

— Et c'est plus embêtant encore si la personne qui aura *trouvé* votre passe est dépourvue d'honnêteté. Cherchez bien ! Elle est peut-être tombée par terre pendant votre sommeil.

Voilà les deux amis par terre, à quatre pattes dans l'étroit espace du compartiment, tâtonnant sous les banquettes. Leurs mains rencontrèrent une quantité vraiment incroyable de poussière et de microbes, qui laissait supposer que les balayeurs de la compagnie faisaient leur travail d'une manière plutôt superficielle ; mais de permis de circulation, point.

Et ils se redressèrent sur leurs genoux au bout d'une minute, échevelés, haletants. De nouveau, d'un geste machinal, Robert Massion porta ses doigts salis à la poche intérieure de son veston et poussa une exclamation :

— Tonnerre ! C'est idiot.

— Quoi ?

— La voilà ! Ma passe ! Elle n'a pas quitté ma poche. J'ai dû regarder dans la poche de droite au lieu de regarder dans celle de gauche. J'étais à moitié endormi.

— C'est tout naturel. Je me demandais, aussi, quel intérêt on aurait pu avoir à vous dérober ce permis. Mais dans la situation où nous sommes… Enfin, ce n'était qu'une fausse alerte. Sortons vite ! c'est plein de microbes ici.

Ils quittèrent le wagon et se dirigèrent vers le portillon de sortie où les attendait un employé flegmatique.

— Vous m'avez procuré une soirée enjolivée de quelques émotions, dit Robert. Décidément, je me réjouis d'avoir fait votre connaissance. Mais avec tout ça, je ne vais pas être fâché de reprendre mon somme dans un vrai lit. Ouâh !

Il étouffait un bâillement.

Benoît Bandan ne répondit pas. Ils venaient de franchir le portillon, et le détective amateur restait immobile, figé, le regard fixé vers la grande porte de sortie, celle qui conduit à la grande salle d'où l'on descend sur la place. Il saisit nerveusement Massion par le bras.

— Vite ! Venez ! Je ne m'étais pas trompé, à Enghien ! C'était bien elle.

— Hein, quoi ? Qui ça, elle ?

— La femme mystérieuse. Dépêchez-vous !

10

Ils allaient d'un pas rapide, si rapide que Robert Massion était obligé de courir pour suivre son compagnon, qui cependant n'avait pas l'air d'avoir quitté l'allure normale. Ils dégringolèrent le perron de la gare, et Massion eut tout juste le temps d'apercevoir, dans la direction que lui désigna Benoît, aux lueurs vagues des réverbères, une jupe s'engouffrant dans un taxi, qui démarra aussitôt.

— Naturellement, nous en prenons un autre ?

— Oui, mais ce n'est qu'un commencement...

Benoît s'interrompit pour ouvrir la porte du taxi, pousser son compagnon sur la banquette et donner ses instructions au chauffeur d'une voix brève. La portière claqua en se refermant, et tandis que le taxi démarrait, et que les rues encore illuminées par quelques devantures commençaient à défiler, il reprit :

— Voyez-vous, à Enghien, j'étais près de la portière, et j'avais cru reconnaître la silhouette de notre inconnue. En tout cas, c'était une grande femme. Mais il y a encore pas mal de grandes femmes, à Paris et dans les environs. Et quand je me suis penché à la portière, je n'ai plus rien vu. Elle avait dû déjà monter dans le train, à ce moment-là, au dernier moment. Sans doute elle s'était dissimulée jusque-là dans quelque coin. Elle devait nous suivre. Elle nous connaît. Mais maintenant, c'est nous qui la suivons.

— Mais quelle sottise de s'être montrée tout à l'heure. Il me semblait qu'elle aurait pu facilement nous échapper, surtout avec cette histoire idiote de passe perdue…

— Au contraire, c'est cette histoire idiote qui nous a sauvés, je veux dire qui nous a donné un avantage momentané. Elle était en queue du train, et nous en tête. Elle est descendue avec précaution, après avoir examiné les alentours ; elle a remonté tout le quai avec précaution, en examinant tous les voyageurs qui remontaient devant elle ; ce n'était pas difficile, car ils n'étaient pas nombreux. Il est probable qu'en même temps, elle regardait du côté des compartiments, pour le cas où nous aurions tardé à descendre. Seulement, même si elle a fait ça, elle n'a rien vu, car au moment où elle est passée devant notre compartiment, nous étions à quatre pattes, en train de fouiller sous les banquettes. Elle n'a rien vu du tout. Tout semblait vide. À notre tour, nous avions mystérieusement disparu !

Il se frotta les mains avec satisfaction et poursuivit :

— C'est pour ça qu'elle s'est attardée, et c'est pour ça qu'en s'attardant elle s'est trahie. Naturellement, notre disparition l'inquiétait. Elle aurait bien voulu nous repérer avant de partir, d'aller où elle doit aller, ou même simplement d'aller chez elle. Ou bien peut-être même qu'elle nous filait délibérément. En tout cas, elle a scruté en vain les quais, et, sous la porte de sortie, son inquiétude croissante l'a fait se retourner une dernière fois. C'est alors que je l'ai aperçue. Maintenant, la situation est renversée : c'est nous qui la suivons.

— Alors, dit Massion, nous allons savoir enfin qui elle est ?

Le front de Benoît se rembrunit.

— Ah ! voilà ! c'est que je n'en suis pas sûr du tout. Les difficultés ne font que commencer. Je vous avoue que je suis novice dans l'art de la filature. Non seulement je suis novice, mais je suis sceptique. La personne filée a nécessairement tous les avantages sur le fileur, car elle peut modifier à tout instant l'allure ou la direction de ses mouvements sans que l'autre en soit averti. En fait, je suis convaincu qu'une personne vraiment habile a cinquante chances contre une de faire perdre ses traces, de rompre le fil de la filature, si elle le veut bien. Et celle-ci le veut sûrement. Elle nous a aperçus. Elle se sait poursuivie. Ce taxi, voyez-vous, ne me dit rien qui vaille. Il est trop facile à suivre. Ce n'est qu'un commencement. Il va nous mener à l'endroit où la véritable chasse va commencer. Tenez, qu'est-ce que je vous disais ?

La voiture qu'ils suivaient venait de s'engager dans la cour du Havre. Absorbés par leur conversation, ils étaient arrivés dans les parages familiers de la gare Saint-Lazare sans s'en apercevoir.

Ils virent la femme qu'ils poursuivaient descendre et payer son chauffeur. Dans l'atmosphère nocturne confusément illuminée de lueurs venues de toutes parts, ils descendirent à leur tour. L'inconnue montait tranquillement, sans se presser, les marches de l'escalier qui conduit à la salle des pas perdus et aboutit juste en face du bar, où les deux collaborateurs s'étaient naguère donné rendez-vous.

— Ah! ça! elle se moque de nous! dit Robert Massion. On dirait qu'elle veut nous conduire à mon bureau, ou devant la fameuse affiche.

Mais l'inconnue, dont ils pouvaient admirer, à cette courte distance, les proportions vraiment sculpturales et la démarche de reine, ne parut pas vouloir pénétrer sur les quais. Arrivée à la moitié de la salle des pas perdus, elle prit l'escalier de sortie située à côté de l'entrée de l'hôtel Terminus. Elle marchait en souplesse, à pas assez grands, sans rien d'emprunté ni de nerveux dans son allure. Bien qu'elle fût grande, elle ne paraissait pas trop grande, à cause de l'harmonie de ses proportions. Malgré l'absence de taille de sa robe en maroquin noir, on devinait qu'elle avait une taille.

La voiture qu'ils suivaient venait de s'engager dans la cour du Havre.

— Ce n'est plus un tendron ; mais c'est tout de même une belle femme, ne put s'empêcher de dire Robert.

— Oui, belle femme, mais style 1908 ou 1910, dit Benoît. Peut-être même style légèrement antérieur. Elle a dû fleurir, ou tout au moins être déjà en bouton, peu après l'Exposition de 1900, presque comme lord Halloween.

Mais déjà, celle qui faisait l'objet de leur réflexion était parvenue au bas de l'escalier, sur le trottoir près duquel, dans la journée, la chaussée est presque toujours encombrée par les lourdes voitures des postes.

— Voyez-vous, dit Benoît, l'entrée dans la gare n'était qu'une feinte. Elle ressort aussitôt.

— Mais est-ce qu'elle croyait nous semer par un moyen aussi simple ? C'est enfantin. Elle va peut-être reprendre un autre taxi.

L'inconnue ne reprit pas de taxi. Juste en face de l'escalier qu'elle venait de descendre, s'ouvre la bouche d'ombre d'un couloir descendant qui mène à la gare centrale du Métropolitain et du Nord-Sud[1]. Ce fut là qu'elle s'engagea. Juste au moment où les deux amis s'y engageaient à leur tour, la vague de voyageurs partie des profondeurs du métro, où elle venait d'être déversée quelques instants auparavant par une rame, déferla dans le couloir, et ils perdirent de vue leur gibier.

1. NORD-SUD : Compagnie concessionnaire de construction et d'exploitation de deux lignes de métro parisien : Porte-de-la-Chapelle — Porte-de-Versailles et Saint-Lazare — Porte-de-Saint-Ouen/Porte-de-Clichy, plus un embryon de ligne à Montparnasse, en perspective de la Porte-de-Vanves (aujourd'hui lignes n°s 12 et 13). L'entreprise ferroviaire fut, en 1931, absorbée par sa concurrente, la Compagnie du chemin de fer métropolitain de Paris (CMP).

Ils débouchèrent dans le rond-point au milieu duquel sont les guichets et les marchandes de journaux…

— Sacrrr ! jura Benoît. Voyez-vous ! Qu'est-ce que je disais. Courons !

Ils jouaient des coudes, heurtant des gens qui montaient en sens contraire, écrasant des pieds, provoquant des protestations vite arrêtées, car chacun se hâtait vers son but, après une interjection rapide, sans s'attarder à sermonner les gêneurs. Ils débouchèrent dans le rond-point au milieu duquel sont les guichets et les marchandes de journaux, et promenèrent autour d'eux des regards quelque peu effarés.

— Prenez par la droite, dit Benoît ; je prends par la gauche. Dans une minute nous nous retrouvons, ouvrez l'œil.

Robert Massion obéit. Benoît Bandan passa devant les vitrines de la librairie Larousse, jeta un regard désespéré sur l'escalier de sortie qui remontait vers la cour du Havre, et marmotta : qui sait si elle n'est pas passée par là ? Rien d'étonnant ! — mais continua d'un pas rapide, et, en arrivant devant la vitrine où une pancarte, éclairée d'une manière flamboyante, affirme qu'un photographe bien connu opère lui-même, il se heurta presque dans Robert Massion, qui gesticulait d'un air excité :

— Elle est là, elle est là !

— Où ça, là ?

— Au guichet du Nord-Sud. Elle fait la queue. Mais il y a quinze personnes derrière elle, et nous n'avons pas de billets. Nous allons la perdre !

— Non, J'ai un carnet de billets.

— Ah ! vous êtes un homme de ressource !

— Non. Pur hasard. Affaire d'économie. Mais nous sommes trop près de l'entrée, ici. Venez !

Il entraîna Massion avec lui, revenant sur ses pas jusqu'à la vitrine de Larousse, et dit :

— Contemplez avec intérêt les gravures du dernier Larousse mensuel. Pendant ce temps, je vais vous parler, ou faire semblant, mais je ne perds pas de vue le portillon du Nord-Sud… nous n'aurons pas longtemps à attendre, la voilà… ça y est, elle entre. À notre tour.

Tout en parlant, il avait tiré de sa poche un carnet, en détachait deux billets, avançait à grands pas et franchissait le portillon. Robert et lui marchaient d'un pas rapide dans les étroits couloirs. Il eut un soupir de soulagement en apercevant l'inconnue qui marchait devant eux, toujours d'un pas calme et égal, et sans se retourner.

Au guichet du Nord-Sud. Elle fait la queue. Mais il y a quinze personnes derrière elle…

Il y avait relativement peu de monde dans le souterrain, et les deux chasseurs virent tout de suite que leur gibier suivait la série de couloirs qui conduisait à la direction *Porte-de-Versailles*. En arrivant dans le dernier couloir où se trouvait le portillon qui donnait à accès au quai, et au-dessus duquel on apercevait la tête d'un employé blasé et fatigué, ils entendirent un grondement lointain.

Benoît prit son compagnon par le bras.

— Elle va nous échapper ! Si le portillon se referme entre elle et nous... quelle guigne...

Ils hâtèrent le pas, mais, devant eux et derrière eux, d'autres voyageurs en faisaient autant, et l'étroit couloir commençait à s'embouteiller. Une anxiété mêlée d'ardeur les tenait aux entrailles ; ils commençaient à être possédés par le démon de la chasse. Benoît, emporté par sa fougue, bousculant tout le monde, s'élança à l'aveugle et vint buter dans le dos d'une femme juste au moment où le portillon se refermait devant celle-ci, tandis que les portières à coulisse de la rame ruisselante de lumière électrique s'écartaient pour vomir un flot d'humanité.

Le flot des voyageurs désappointés pressait Benoît dans le dos, et il perdit à moitié l'équilibre, s'accrochant où il pouvait. Il dut avoir quelques gestes maladroits, car la femme qui se trouvait devant lui se retourna d'un mouvement de déesse, et le regarda froidement. Il s'apprêtait à balbutier des excuses mais les mots lui restèrent dans la gorge. Il venait soudain de s'apercevoir, avec une satisfaction sans bornes, que cette femme à laquelle il s'accrochait pour ne pas tomber, dans le dos de laquelle il venait de piquer du nez, et qui maintenant le regardait les yeux dans les yeux, de si près que leurs visages se touchaient presque, c'était la femme qu'il poursuivait.

L'inconnue détourna majestueusement la tête, comme offensée par la fixité du regard de Benoît, et parut l'ignorer. Avant qu'il eût pu reprendre ses esprits, le dernier wagon de la rame s'engouffrait avec fracas dans la gueule noire du tunnel. Le portillon s'ouvrit.

Les voyageurs s'éparpillèrent sur le quai. Benoît laissa de nouveau une distance respectueuse s'établir entre l'inconnue et lui. Elle dédaigna de s'asseoir et se mit à se promener lentement sur le quai, avec de longues pauses, apparemment oublieuse des vagues d'humanité qui s'agitaient autour d'elle. Benoît s'assit sur un des bancs qui

... le dernier wagon de la rame s'engouffrait avec fracas dans la gueule noire du tunnel. Le portillon s'ouvrit.

criaient aux passants cette singulière injonction : « Allez, frères, au Châtelet ! »[1], et Robert Massion s'assit à côté de lui.

— Hein ! dit Robert, nous l'avons bien vue, cette fois. J'ai cru que vous alliez l'embrasser.

— Ne blaguez pas ! dit Benoît.

— Oh ! oh ! dit Robert, sans blague, elle en vaudrait vraiment la peine. C'est vraiment une femme splendide.

— Certes, dit Benoît d'un air absent.

Il avait le regard fixé sur la pointe de ses souliers, tandis que Robert Massion ne quittait pas des yeux l'inconnue, qu'il pouvait observer tout à son aise, car elle était arrêtée à trois pas d'eux. Elle avait de longs yeux marron très légèrement relevés qui lui donnaient une vague allure orientale, des pommettes légèrement asiatiques, un nez fin et allongé, une bouche pleine et sensuelle, et un air de langueur et de vigueur mélangées tout à fait remarquable. Elle paraissait aussi capable de s'allonger paresseusement sur un divan que de se livrer à des exercices de force et d'accomplir des prouesses athlétiques. Elle n'avait plus le chapeau à bord de tulle décrit par Parcivet, mais un chapeau noir très simple, sous lequel ses yeux allongés paraissaient plus brillants.

— Attention, voici le train, dit Massion. Est-ce qu'on monte dans le même wagon qu'elle ?

Benoît Bandan hésita un quart de seconde.

— Oui, dit-il. Il ne faut plus risquer de la perdre. Il y a longtemps qu'elle nous a repérés. Alors…

1. Il s'agit en fait d'un message publicitaire pour *Allez Frères*, grand magasin parisien et établissement de vente par correspondance, situé entre la place du Châtelet et celle de l'Hôtel-de-Ville, fabricant et distributeur de meubles, matériels sanitaire, de cuisine, de chauffage, etc.

Benoît s'assit sur un des bancs qui criaient aux passants cette singulière injonction : « Allez frères, au Châtelet ! »

La rame qui venait d'arriver n'était pas des plus chargées. Les places assises étaient prises, mais il n'y avait que très peu de personnes debout.

La rame qui venait d'arriver n'était pas des plus chargées. Les places assises étaient prises, mais il n'y avait que très peu de personnes debout. Benoît et son compagnon laissèrent monter l'inconnue, puis montèrent dans le même wagon, mais à l'extrémité opposée. Elle ne demeura pas longtemps debout. Ils virent un monsieur pompeux à redingote et à belles moustaches s'empresser de lui offrir sa place, qu'elle accepta sans mot dire.

— Elle s'assied, dit Robert. C'est qu'elle ne descend pas tout de suite.

— Pas sûr. Ce n'est peut-être qu'une feinte. Ne la perdez pas de vue. Je vous avoue que je suis inquiet. Ce calme… et puis il y a surtout une chose qui m'inquiète.

— Quoi donc ?

— En somme, voici deux fois que nous avons failli la perdre : à l'entrée du couloir de la gare souterraine, et tout à l'heure, devant le portillon. Avec un peu plus de promptitude et de décision, elle nous échappait. Or, elle n'a même pas essayé. Pourquoi ? Ce n'est pas qu'elle manque de promptitude ni de décision : elle a montré ce dont elle était capable. C'est que les occasions qui se sont présentées n'entraient pas dans ses calculs. Les moyens qui s'offraient n'étaient pas assez sûrs. Nous pouvions la suivre de plus près, nous pouvions avoir des billets : nous en avions. Pour l'affaire du portillon, nous pouvions sauter la barrière, prendre le couloir réservé aux voyageurs sortants : nous arrivions sur le quai même avant elle.

— Alors ?

— Alors, si elle est tranquille c'est qu'elle a arrangé dans sa tête un autre moyen de nous glisser entre les doigts, un moyen sûr. Et ce moyen-là, elle va l'employer à son moment, à son heure. Quand? Dans cinq minutes, dans une heure, je ne sais. Mais elle a son programme, et il doit être bon. Non, je n'ai pas grand espoir. Je sens qu'elle va nous échapper… Ça ne fait rien, marchons toujours. Tenez, rapprochons-nous encore! Voilà la Concorde, et il va y avoir du remue-ménage.

Ils avancèrent vers le centre du wagon et s'accotèrent à la portière de contre-voie au moment où la rame entrait dans la station *Concorde*. Il y eut en effet du remue-ménage, un échange de places, mais la voyageuse inconnue ne bougea pas.

11

Les portières claquent, le train s'enfonce sous la Seine avec son bruit sourd et parvient à la station de la Chambre : *Députés*, annoncent les grandes lettres blanches sur le carrelage bleu et blanc[1]. Et les noms se succèdent : *Solférino*, *Rue-du-Bac*, sans que l'inconnue manifeste aucune intention de partir. *Sèvres-Babylone*, *Rennes*, *Notre-Dame-des-Champs*…

— C'est *Montparnasse*, maintenant, dit Robert Massion. Ah ! elle a fait un mouvement. Attention ! la voilà qui se lève !

En effet, l'inconnue avait quitté son siège et se tenait debout, appuyée à l'une des colonnes de métal qui montaient au plafond. Les deux amis n'osaient pas encore s'élancer à sa suite, mais alors leurs doigts se crispaient sur les mains courantes, et ils se tenaient prêts à franchir la portière à coulisse sur les talons de celle qu'ils poursuivaient. Le train entra avec fracas dans la station *Montparnasse*.

Mais, à leur grand étonnement, lorsque la portière s'ouvrit, l'inconnue alla s'asseoir paisiblement sur le siège

1. La station portait en réalité le nom de *Chambre des députés*, mais celui-ci s'affichait ainsi : CH<u>BRE</u> DES DÉPUTÉS.

… la ligne du Nord-Sud est croisée à cet endroit par une ligne du Métropolitain, qui part de terre précisément au croisement du boulevard Pasteur et de la rue de Vaugirard…

… elle s'engagea résolument, d'un pas accéléré, sous le viaduc qui occupe le milieu du boulevard de Grenelle et va vers la station Cambronne.

que venait de quitter un gros monsieur, et qui était presque aussi distant de la porte que celui qu'elle avait quitté.

— Décidément, vous avez raison : elle se moque de nous, grommela Robert.

Benoît Bandan ne répondit rien.

Par une réaction toute naturelle, leur attention, trop tendue l'instant d'auparavant, était maintenant relâchée, et la station de *Falguière* fut dépassée sans qu'ils s'en aperçussent. Pareillement, *Pasteur* arriva sans qu'ils fussent sortis de leur torpeur relative.

Mais, à cette station, l'inconnue se leva d'un mouvement plein de souplesse féline, cette fois, sortit du train pour de bon.

La feinte précédente les avait si bien énervés qu'ils hésitèrent une seconde. Benoît Bandan se ressaisit le premier, il entraîna son compagnon et ils arrivèrent juste à temps pour voir les jambes de l'inconnue, des jambes magnifiques, monter l'escalier de sortie. Ils hâtèrent le pas, puis ralentirent. La femme énigme ne daigna pas se retourner. Arrivée à l'air libre, elle se mit à descendre tranquillement le boulevard Pasteur. Comme on le sait, la ligne du Nord-Sud est croisée à cet endroit par une ligne du Métropolitain, qui part de terre précisément au croisement du boulevard Pasteur et de la rue de Vaugirard, et s'élève par une pente graduelle jusqu'à un viaduc qui la rend complètement aérienne.

L'inconnue parut d'abord vouloir descendre du côté du lycée Buffon, puis elle passa de l'autre côté. À partir de ce moment, la poursuite devint difficile et les deux amis durent s'approcher si près de l'inconnue qu'ils semblaient l'accompagner.

Une petite place, à l'aspect provincial, un square charbonneux, des pavés pointus, tout cela dominé par les fermes du métro aérien…

Le vaste hall à double voie flanquée d'un double quai s'ouvrait, à chaque bout, sur la nuit piquetée de lumières.

Le long des flancs de pierre de la rampe du métro se dressaient des baraques couvertes de bâches, quelques-unes à demi montées, en préparation de quelque fête foraine ; des poutres et des planches gisaient en désordre. Elle s'avançait au milieu de ces obstacles d'un pas sûr, sans rien perdre de la dignité de sa démarche.

Elle parvint à la hauteur des premières arcades de pierre qui amorcent le viaduc, s'engagea sous l'une d'elles, traversa le carrefour Sèvres-Lecourbe, et, arrivée sous la station du métro aérien qui porte ce nom, parut hésiter un bref instant. Elle leva la tête vers les fermes de métal, comme si l'escalier de fer qui conduit à la station l'invitait à tenter une fois de plus la chance des dédales de quais et de portillons ; mais ce ne fut qu'une hésitation à peine perceptible, et aussitôt elle s'engagea résolument, d'un pas accéléré, sous le viaduc qui occupe le milieu du boulevard de Grenelle et va vers la station *Cambronne*.

La poursuite, déjà difficile, devenait de plus en plus pénible. Les baraques ou les débris de baraques, les enchevêtrements de poutres et de lattes et les morceaux de bâches se multipliaient dans l'allée centrale du boulevard mal éclairé, que le viaduc transformait en sorte de tunnel. Robert Massion se heurta plusieurs fois le pied à des obstacles et gémit. Benoît Bandan marchait comme un automate.

— Sacrés forains ! Quelle idée de venir s'installer juste ici sur notre terrain de chasse, grommelait le commissaire spécial. Mais je parie que la donzelle savait à l'avance qu'ils étaient là !

Benoît Bandan ne répondit rien et l'entraîna d'un pas plus rapide. Le terrain s'éclaircissait et l'on arrivait à *Cambronne*.

Une petite place, à l'aspect provincial, un square charbonneux, des pavés pointus, tout cela dominé par les fermes du métro aérien qui se perdaient dans l'ombre. Ce fut vers la station qui porte le nom d'un général illustre pour de multiples raisons que se dirigea l'inconnue, et cette fois elle monta sans hésiter, d'un pas allègre, l'escalier de fer.

Benoît et son compagnon avaient ralenti en arrivant en terrain découvert, mais ils traversèrent la place au pas de course en voyant la fugitive disparaître. Ils avaient jeté au vent toute prudence, et d'ailleurs, n'était-il pas évident que, depuis longtemps, depuis le début même, sans nul doute, l'inconnue ne perdait pas un détail de leurs mouvements. Benoît Bandan, qui n'avait pas desserré les lèvres depuis plus d'un quart d'heure, dit tout à coup, d'une voix saccadée par l'effort de la course sur le pavé inégal de la place :

— Attention ! le dénouement approche.

— À quoi voyez-vous ça ?

— À son allure, nonchalante tout à l'heure, maintenant décidée.

Ils grimpèrent quatre à quatre l'escalier métallique, et, dès le portillon qui marquait l'entrée du quai, eurent le bonheur d'apercevoir la femme traquée par eux à l'autre bout de la station. Le vaste hall à double voie flanquée d'un double quai s'ouvrait, à chaque bout, sur la nuit piquetée de lumières. Ils se réjouirent de voir qu'aucun train n'était en vue. L'inconnue était debout, immobile et de trois quarts, à l'extrémité du quai.

Et soudain, ils éprouvèrent un vague et singulier embarras. Pour avancer sur le quai, il fallait aller vers elle, à sa rencontre, pour ainsi dire. Ils s'arrêtèrent indécis, à mi-chemin, espérant que l'arrivée d'une rame allait les tirer d'embarras. Mais les trains étaient assez espacés à cette heure avancée, et ils restaient seuls en face de l'énigmatique héroïne, sur le quai désert.

Elle les observait sans doute, sans en avoir l'air, car, soudain, elle leur fit face et s'avança vers eux de son pas calme et majestueux. Elle les regardait droit dans les yeux, d'un regard où il y avait du défi et du mépris, et elle passa, droite, sans détourner la tête. Puis elle marcha sans s'arrêter jusqu'à l'extrémité du quai, et sortit du même pas égal.

Elle avait disparu depuis plusieurs secondes déjà que les deux détectives bénévoles étaient encore plantés au même endroit, stupides d'étonnement.

— Que signifie cette manœuvre ? balbutia Robert Massion.

— Vite ! cria Benoît en l'entraînant, c'est le moment décisif ! Pourvu qu'il ne soit pas déjà trop tard !

Ils dégringolèrent l'escalier de fer à toute vitesse au risque de se rompre le cou, et se retrouvèrent sur la petite place quasi provinciale. Elle était déserte.

La mystérieuse inconnue avait mystérieusement disparu.

12

Benoît Bandan saisit le bras de son compagnon.

— Comme à Saint-Lazare! dit-il. Chacun dans une direction, et le tour de la place. Nous nous rencontrerons au milieu. Regardez bien sous l'auvent des portes, ou dans les couloirs, s'il y a des portes ouvertes.

Ils s'enfoncèrent dans l'obscurité. Benoît Bandan prit à droite et longea les maisons. Arrivé à l'entrée de la rue Cambronne, il eut un sursaut; le cœur lui battit: une forme féminine descendait vers le boulevard de Grenelle. Il courut. Au bruit de ses pas, la femme se retourna. La lumière huileuse d'un réverbère, tombant en plein sur elle, éclaira une physionomie plâtrée, sabrée d'une bouche de fard, qui lui décocha un sourire insolent — insolent et prometteur. Benoît Bandan s'arrêta court. Il secoua la tête, et détourna ses pas vers la station de métro, honteux comme un collégien trop timide et sans argent. Une main se posa sur son épaule.

— Eh bien? lui dit Robert Massion. Chou blanc?

— Chou blanc! dit Benoît. D'ailleurs, je m'en doutais, et il était bien inutile de courir autour de cette place. C'est ici qu'elle devait mettre à exécution le plan, le fameux plan dont je vous parlais. Et elle l'a fait, avec plus de succès encore que je ne craignais. Nous sommes battus sur toute la ligne. Non seulement elle nous échappe, mais nous ne savons même pas comment elle a pu faire pour nous échapper. Il y aura bientôt dix minutes que nous l'avons perdue de vue ; il est évident qu'elle est loin. Il n'est plus question de la rattraper maintenant. Mais il faudrait tâcher, si nous le pouvons, de savoir comment elle s'y est prise. En tout cas, ça m'ennuierait de partir d'ici sans avoir essayé.

— Nous arriverons peut-être à renouer la piste, suggéra Robert.

Benoît Bandan haussa les épaules.

— J'en doute ! mais pour l'instant, essayons de raisonner. Voyons ! À quel moment avons-nous vu notre inconnue pour la dernière fois ? Sur le quai, là-haut. Or, quelle était son attitude, à ce moment-là ? Elle était toute tendue par le défi. Il est donc clair qu'à ce moment-là, elle avait son plan bien arrêté dans la tête, et qu'elle allait l'exécuter dans les quelques minutes — que dis-je ? — dans les quelques secondes qui ont suivi. Il nous faut donc remonter au point de départ, et examiner pas à pas l'espace compris entre le quai et ici, pour voir à quel point précis peut s'embrancher la tangente par laquelle a filé notre comète.

Déjà, il s'apprêtait à remonter l'escalier du métro. Robert Massion le retint.

— Pardonnez-moi, je ne suis assurément qu'un novice à côté de vous, et vous avez déjà montré plusieurs fois que vous pouviez m'étonner et étonner tout le monde ; mais, dans le cas présent, ne vous laissez-vous pas entraîner par l'imagination ? Le simple bon sens n'indique-t-il pas que notre gibier a bien eu le temps, en courant, de bondir jusqu'à une des maisons de cette place, et de s'y réfugier ? Ne croyez-vous pas qu'il vaudrait mieux commencer par là, je veux dire par examiner cette possibilité ?

« Qui sait ? Elle est peut-être en ce moment même, là, tout près, derrière une fenêtre, à l'abri d'un rideau, en train de nous observer tous deux et d'attendre que nous ayons quitté la place pour s'en aller définitivement.

Benoît Bandan secoua la tête.

— Ce que vous dites là n'est pas déraisonnable, assurément. La chose est très possible. Mais, s'il en est ainsi, nous n'y pouvons rien. D'abord, si notre inconnue a eu l'astuce et la patience de nous amener jusqu'ici pour exécuter le plan que vous indiquez, il est très probable qu'elle a eu en même temps assez d'astuce et de patience pour choisir une maison à deux issues, et dans ce cas, elle est déjà loin.

— Qui sait ? C'est peut-être ici même qu'elle habite ?

— Je ne crois pas. Elle n'aurait pas eu l'imprudence de nous amener si près de son refuge, après nous avoir fait traverser Paris du nord au sud.

— En tout cas, ne croyez-vous pas que la chose vaudrait la peine d'être examinée ?

— Peut-être, mais c'est en dehors de nos moyens. Faire le tour de la place, sonner à chaque maison, faire causer les habitants, ce sont des choses que seuls des policiers officiels pourraient se permettre, et encore ! Il leur faudrait, même avec l'autorité de l'État derrière eux pour les soutenir, déployer des trésors de tact, de savoir-faire et d'habileté. Et même encore comme ça ! Ce serait mettre tout le quartier en rumeur. Et sans résultat, presque certainement, car si la dame de nos pensées a ici des complices, vous pensez bien qu'ils se tairont ! Ils diront froidement qu'ils n'ont rien vu, qu'ils ne savent pas ce qu'on veut dire, etc.

— Alors, si c'est comme ça, il n'y a rien à faire ?

— Si la chose s'est vraiment passée comme vous le dites, non, il n'y a rien à faire. Mais j'ai comme une idée qu'elle ne s'est pas passée comme ça. Je ne peux pas vous l'affirmer absolument, parce que ma conviction n'est fondée que sur des observations fugitives et des raisonnements psychologiques. Mais notre belle dame sans merci avait l'air trop sûre d'elle, trop pleine de défi. Si elle n'avait eu à sa disposition qu'un moyen aussi simple et aussi peu sûr — car enfin, si nous étions restés sur ses talons, elle n'aurait pas eu le temps matériel de traverser la place sans être vue —, elle n'aurait pas affiché une telle assurance. Si elle n'avait eu que ce moyen-là en réserve, elle n'aurait pas fait fi des multiples occasions qu'elle a eues de nous échapper entre Saint-Lazare et ici, occasions qui étaient aussi bonnes que celle-ci, sinon meilleures. Enfin, je vous le répète, si elle est maintenant réfugiée dans une de ces maisons, nous sommes impuissants à l'y poursuivre. Il ne servirait de rien de monter ici la faction toute la nuit ; il faut agir méthodiquement, et non d'après ce que vous appelez le bon sens.

— La méthode est donc le contraire du bon sens, selon vous ?

— Pas le contraire, mais différente. Le gros bon sens n'est fondé que sur les grosses apparences, c'est-à-dire sur un choix de faits arbitraires et empiriques, tandis que la vraie méthode est celle de Descartes, c'est là où l'on commence par les dénombrements complets. Mais assez de philosophie. Venez-vous ?

Le ton de Benoît devenait impatient. Robert Massion le suivit donc sans plus argumenter sur l'escalier de fer.

Ils franchirent de nouveau le portillon, juste au moment, cette fois, où une rame entrait en gare. Mais au lieu d'y monter, ils se mêlèrent aux quinze ou vingt personnes qui descendaient et s'arrangèrent pour rester les derniers sur le quai. Puis, ils se dirigèrent lentement vers la sortie.

— Attention, dit Benoît. La représentation commence. Tâchons de nous mettre dans la peau du personnage. Nous franchissons la sortie. Nous voici sur la première marche de l'escalier. Dès cet instant, nous sommes résolus à échapper à nos poursuiveurs le plus tôt possible. Dès cette première marche, si nous pouvons. Le pouvons-nous ?

— Non, dit Robert. Pas dès cette première marche, sûrement. Ni même aux suivantes. Quand on est sur les premières marches, on est encore visible pour un observateur situé sur le quai. Non pas même pour avoir une seule chance d'échapper, mais simplement pour éviter une impossibilité matérielle, il est indispensable de descendre au moins de toute votre hauteur, pour qu'on ne vous voie plus du quai.

— Très bien. Parfait ! dit Benoît. Vous raisonnez comme un ange. Et encore, non. Les anges ne raisonnaient pas bien ; ils lisaient trop Aristote. Vous raisonnez comme moi, tout simplement. Descendons donc huit ou dix marches, car nous avions affaire à une femme assez grande.

Ils s'enfoncèrent dans l'escalier et bientôt s'arrêtèrent, suspendus entre ciel et terre. Au loin, s'étendait l'océan pailleté de lumières tremblantes de la nuit parisienne.

Benoît Bandan s'arrêta, et, s'appuyant des deux mains à la rampe faite d'une simple tige de fer, s'efforça de percer la nuit du regard.

— Heureusement, il n'y a personne, dit-il. Bon, arrêtons-nous là. Nous voici hors de la vue de nos poursuivants. Est-ce qu'il y a, dès maintenant, à cet endroit, un moyen de prendre la tangente ?

— Un moyen ! s'exclama facétieusement Massion. Il y en a vingt, il y en a cent ! Nous pouvons avoir frété un aéroplane ou un ballon dirigeable, qui viendra nous cueillir ici, par-dessus la rampe.

— Non, dit gravement Benoît. Trop bruyant d'abord, ça s'entendrait. Et aucun véhicule aérien ne pourrait pratiquement descendre si bas, ni si près de cette charpente de fer, dans la cuvette de cette petite place.

— Eh bien ! dit Robert, qui jugeait évidemment qu'ils perdaient leur temps, et qui semblait décidé à prendre les fantaisies de son compagnon du côté plaisant, nous avons dissimulé sous nos jupes un parachute. Arrivés ici, nous le déployons, et, crac, nous voilà en bas sur la place.

— Mauvais, très mauvais, répondit le détective amateur, sérieux comme un pontife. Pire que le précédent. D'abord, cacher un parachute sous ses jupes, ça aurait pu se faire au temps des crinolines, mais les robes modernes sont trop... abrégées pour qu'on puisse y dissimuler des accessoires si volumineux. Et puis, quels avantages y aurait-il à descendre sur la place de cette façon ? On gagnerait à peine quelques secondes, et en atterrissant on aurait sur le bras un objet encombrant. D'ailleurs, la hauteur n'est pas telle qu'elle justifie l'emploi d'un pareil moyen. On pourrait presque sauter à terre, d'ici, sans aucun parachute.

— Alors, c'est ça ! nous avons sauté ! Nous empoignons la barre à deux mains : un coup de voltige, et houp ! ça y est ! Le saut de l'abîme par la belle inconnue. Je regrette vraiment d'avoir manqué le coup d'œil.

Cette fois Benoît Bandan ne répondit pas. Du moins pas immédiatement. Il se pencha encore un peu plus sur la rampe de fer et scruta l'espace noir en dessous d'eux.

— Non, dit-il enfin, ce serait un saut vraiment trop périlleux, et les pavés, en bas, sont trop pointus. Et puis, là encore, on ne gagnerait que bien peu de temps. Mais savez-vous que vous m'avez donné une idée ? Peut-être même l'idée que je cherchais.

— Sans blague ! Alors, c'est vraiment un miracle, car je vous ai donné ce que je n'avais pas.

— C'est une chose qui arrive souvent, plus souvent que vous ne le pensez. Mais descendons. J'ai besoin de voir d'en bas, et d'ailleurs nous gênons.

Plusieurs personnes apparaissaient au-dessus d'eux. Ils descendirent rapidement, et Benoît entraîna son compagnon à l'écart, à quelque distance de l'escalier de fer.

— Voyez-vous, dit-il pendant qu'une douzaine de personnes se dispersaient sur la place, voilà à l'endroit où nous étions tout à l'heure. Ça n'est pas bien haut, mais c'est tout de même assez haut pour qu'un saut soit dangereux, impossible même avec des hauts talons. Mais il y a une chose qui est possible. Remarquez-vous que la rampe est maintenue de distance en distance par des tiges de fer transversales ? Supposez que l'on enjambe la rampe, que l'on se livre à l'exercice de voltige que vous décriviez tout à l'heure, mais qu'au lieu de sauter, on s'accroche à une de ces tiges. Il n'y aura plus que les mains de visibles sur l'escalier, et encore, dans la nuit, il y aura mille chances contre une pour qu'elles ne soient pas vues.

— C'est absurde ! Et puis, quel avantage ?...

— Attendez ! À peine sommes-nous ainsi suspendue dans le vide que deux détectives amateurs que nous connaissons bien se précipitent comme des fous, descendent l'escalier en vitesse sans regarder devant ni derrière eux, et par conséquent sans rien voir. À peine ces deux imbéciles sont-ils hors de vue que les bras qui supportent le poids du corps font une traction. Une tête apparaît au niveau de l'escalier. Un nouvel effort ; un nouvel exercice de voltige ; voilà notre fugitive qui reprend pied sur une des marches. Elle est presque en haut ; elle n'a que quelques pas à faire pour être de nouveau sur le quai ; et pendant que les deux imbéciles précités s'évertuent à faire le tour de la place et s'usent les yeux à scruter les embrasures des portes, nous avançons majestueusement sur le quai, nous sautons dans la première rame qui passe — et adieu ! Finita la commedia !

Robert Massion resta un instant bouche bée. Puis, admiratif :

— Il n'y a pas à dire, vous avez une de ces imaginations ! Mais permettez-moi de vous dire que si votre petit roman est très bien agencé, il n'est pas très vraisemblable.

— Il n'est même pas vrai, répondit tranquillement Benoît, pour le moment. Il ne sera vrai que lorsque je l'aurai vérifié.

— Et vous croyez pouvoir le vérifier tout de suite, comme ça ?

— Oui. Tout de suite. Comme ça.

— Ça, c'est un peu fort ! Et comment ?

— Réfléchissez ! Si les choses se sont vraiment passées comme je le pense, il y a quelqu'un qui a dû voir repasser notre inconnue, et qui l'a d'autant plus probablement remarquée que notre manège à tous les trois avait dû attirer son attention. Ce quelqu'un...

— C'est l'employé du portillon, parbleu ! Allons !

Et déjà, déployant ses longues jambes, Robert Massion grimpait une fois de plus l'escalier de fer. Benoît s'élança à sa suite. Ils arrivèrent en quelques secondes au bout de leur course, essoufflés.

L'employé, auquel ils n'avaient prêté nulle attention jusque-là, était *une* employée. Sèche et sans couleur, un fin museau de martre, des cheveux de nuance indécise sous son bonnet de police, elle les toisa d'un air scrutateur. Elle n'était plus assise, mais debout, en train de repousser son tabouret dans l'encoignure.

— Qu'est-ce que vous voulez ? dit-elle peu gracieusement. Ce n'est pas la peine, on ferme, le balai vient de passer. C'est fini pour aujourd'hui.

— Ce n'est pas un train que nous voulons, pour le moment dit Robert Massion, mais des renseignements.

— Des renseignements ? En tout cas, dépêchez-vous : la compagnie nous fait faire des journées assez longues comme ça !

— Madame, dit Robert avec une exquise politesse, vous avez peut-être remarqué que nous sommes passés plusieurs fois ici, ce soir !

L'employée lui lança un coup d'œil méfiant.

— Oui, j'ai remarqué ça ! dit-elle d'un ton sarcastique.

— Tant mieux ! cela prouve que vous êtes observatrice. Alors, vous avez dû remarquer aussi une femme, qui nous précédait de peu ?

— Oui, j'ai remarqué cette particulière à cause de son air arrogant. Mais vous savez, vous avez l'air pas mal drôle vous aussi, vous et votre copain avec son nez en bec-de-cane. Et vous avez joué une drôle de comédie ce soir. Si c'est une affaire de divorce, vous savez, je ne m'en mêle pas ! Ou bien c'est-il que vous seriez de la Secrète ?

— Oui, c'est ça ! dit Robert Massion. Tout juste ! Vous avez deviné.

— Ah ! Eh bien ! faites voir vos papiers ! Je ne suis pas obligée de vous croire.

Le jeune homme hésita une fraction de seconde, puis tira de sa poche son permis de circulation, celui-là même qu'il avait cru perdre gare Saint-Lazare, et le tendit à l'employée en soulignant du pouce les mots : « Commissaire spécial ».

— Ah bien ! bien ! fit-elle. Du moment que vous êtes commissaire, ça va. Mais, vous comprenez…

— Mais c'est tout naturel ! Dites-moi, seulement… après que nous sommes descendus, la dernière fois, avez-vous vu repasser la femme dont nous parlons ?

— Oui, presque aussitôt. Vous ne l'avez donc pas rencontrée dans l'escalier ? J'aurais cru. Alors, c'est qu'elle était déjà descendue et qu'elle s'est cachée dans un coin, en bas, pour remonter aussitôt que c'est que vous avez eu le dos tourné. C'est égal, elle a fait vite ! À peine que vous étiez passés, la voilà qui reparaît. J'étais étonnée parce que je croyais que vous étiez ensemble, au moment. Toute la manigance me semblait déjà bien drôle, mais alors…

Robert coupa la parole à la bonne femme, qui, mise en confiance, devenait soudain bavarde.

— Et elle est repartie ?

— Oh ! bien sûr ! Elle a pris l'avant-dernier train. Pour peu que vous tardiez un peu, c'était bien calculé : pas moyen de courir après !

Le découragement se peignit si vivement sur la figure de Robert Massion que l'employée s'écria :

— Là ! Oh ! faut pas vous en faire, allez, m'sieur l'commissaire, vous la retrouverez ! C'est pas une femme à passer inaperçue, celle-là, c'est moi qui vous le dis !

Le flot des consolations allait continuer à s'épancher lorsque Benoît, qui avait suivi toute cette scène avec une extrême attention, intervint :

— Excusez-moi, madame, une dernière question, et ce sera fini. Nous sommes venus à pied depuis le boulevard Pasteur jusqu'ici, et nous avons rencontré des baraques tout le long du chemin. Il y a sans doute une fête foraine qui se prépare ?

L'employée toisa dédaigneusement celui qu'elle prenait sans doute pour un flic subalterne :

— Pour sûr ! D'où que vous sortez, mon petit, pour ne pas savoir ça ? C'est la fête de Grenelle, c'est-à-dire une des fêtes, vu qu'il y en a une autre au mois de juillet. Ça commence demain soir. Les baraques sont déjà presque toutes montées. C'est-il que vous avez encore envie de monter sur les chevaux de bois, à votre âge ?

— J'adore monter sur les chevaux de bois, déclara gravement Benoît. Merci, madame. Je vous remercie infiniment. Nous ne voulons pas vous empêcher de dormir : il ne nous reste plus qu'à vous souhaiter une bonne nuit. Au revoir.

Il entraîna rapidement Robert Massion, laissant la bonne femme légèrement étonnée et marmonnant des paroles indistinctes. Ils redescendirent une fois de plus, en silence, le fameux escalier, thème et lieu de leurs méditations. Ils traversèrent d'un pas alourdi la place aux pavés pointus et s'engagèrent dans la rue Cambronne. La nuit était noire, les réverbères rares, la rue, à cette heure tardive, d'aspect peu engageant. La journée avait été rude, et après tant de pérégrinations et d'allées et venues, ils se sentaient étrangement lourds, étrangement las.

— Quelle femme ! dit soudain Robert Massion. C'est décidément vrai qu'elle s'est moquée de nous. Je le vois clairement, à présent. Nous balader partout, à Saint-Lazare, dans le métro, nous faire marcher comme des gosses, et au bout de tout ça s'arranger pour nous abandonner dans ce quartier perdu et nous faire rentrer à pied ! Ça, surtout, c'est rosse !

Benoît Bandan ne répondit pas.

— Savez-vous, reprit le commissaire spécial en étouffant un bâillement, qu'il va être une heure et demie ! Quelle journée !

Benoît demeurait toujours silencieux. Son compagnon ne semblait pas d'ailleurs attendre de réponse. Il parlait plutôt pour lui-même, pour se tenir éveillé.

— Eh bien ! reprit-il, vous aviez tout de même raison. Elle s'est évanouie juste comme vous l'aviez dit. C'est égal ! quelle acrobate ! C'est à croire que nous avons affaire à une ancienne danseuse de corde.

Cette fois, Benoît Bandan fit entendre une espèce de grognement.

— Savez-vous, mon cher, que vous devenez vraiment très fort.

— Moi ? Vous vous f... ichez de moi ! Je suis tout simplement dégoûté de cette affaire. C'est idiot ! J'en ai assez de toutes ces acrobaties. Tenez, je suis comme lord Halloween, moi, maintenant. Je suis... comment dites-vous ça ?... Dégoûté des « *circus tricks* ». J'en ai soupé des clowneries !

Benoît fit entendre un nouveau grognement et considéra son compagnon avec une admiration non déguisée.

— De plus en plus fort ! C'est merveilleux ! Vous mettez dans le mille à tous les coups ! Vous formulez hardiment des vérités que j'osais à peine entrevoir...

— Bon, bon, n'insistez pas ! La plaisanterie a ses limites, et je suis d'une humeur massacrante ce soir, je ne vous le cache pas. Ah ! ça, où allons-nous ?

— Nous marchons vers la rue Lecourbe. Elle est un peu plus civilisée que celle-ci, et elle nous mènera, sans encombrement de baraques, jusqu'au carrefour Sèvres-Lecourbe. Là, vous trouverez probablement un taxi. Si vous n'en trouvez pas, vous n'aurez qu'à suivre la rue de Sèvres, qui vous mènera dans des parages où vous en trouverez certainement un. Tenez, voici déjà la rue Lecourbe.

En effet, ils débouchaient dans un carrefour traversé par une rue plus large et mieux éclairée.

— Et vous, dit Robert, qu'est-ce que vous faites ?

— Moi, je remonterai chercher la rue de Vaugirard, pour rentrer chez moi, à pied.

— Vous demeurez donc dans le quartier ?

— Pas tout à fait. J'ai choisi une résidence toute proche du domicile définitif que la postérité ne manquera pas de m'attribuer : je demeure près du Panthéon, à l'hôtel des Grands Hommes !

— En effet, c'est tout indiqué. Mais ça va vous faire encore une trotte, à cette heure-ci.

— J'ai besoin de réfléchir, et la marche favorise la réflexion.

Robert Massion cessa soudain de bâiller.

— C'est vrai, dit-il, vous ne m'avez pas dit ce que vous comptiez faire, maintenant ? Est-ce que vous avez déjà arrêté un plan de campagne ?

— Dans les grandes lignes, oui.

— Ah ! Et peut-on savoir quel il est ?

— Certainement. Je compte, demain soir, assister à l'ouverture de la fête foraine, boulevard Pasteur. Comme je l'ai dit à cette brave femme, j'adore les chevaux de bois, ou plutôt les cochons de bois, car ce sont des cochons maintenant. Ah ! le progrès, n'est-ce pas un vain mot ?

— Sérieusement… dit Robert Massion.

— Et puis, je compte aussi consulter les tireuses de cartes, poursuivit Benoît : c'est toujours très instructif. Et la plus grosse femme du monde ! J'ai déjà connu plusieurs « plus grosses femmes du monde ». J'espère bien en retrouver une demain soir !

Robert Massion prit un air attristé.

— Ce n'est pas gentil, dit-il, vous blaguez toujours. Vous admettrez pourtant que je fais tout ce que je peux pour vous rendre service.

— C'est vrai, dit Benoît. Vous avez raison : je vous dois beaucoup. Eh bien, sérieusement, j'aime beaucoup le genre de spectacle que l'on trouve dans une fête foraine. Mais je conviens que j'ai aussi un autre motif, plus sérieux encore, vous l'avez deviné : je veux vérifier les hypothèses que vous m'avez fournies ce soir au sujet de l'identité de notre mystérieuse inconnue.

— Les hypothèses… que je vous ai fournies ce soir… ? Du diable si…

Robert Massion paraissait complètement ahuri. Mais ils étaient déjà arrivés au carrefour Sèvres-Lecourbe, où ils étaient déjà passés une heure ou deux plus tôt. Ils se tenaient debout au coin du trottoir, à l'angle de la rue Lecourbe et du boulevard Pasteur, non loin du lycée Buffon. Benoît Bandan prit la main de son collaborateur bénévole et la lui secoua chaleureusement :

— Moi, je remonte par là, vers la rue de Vaugirard. Tenez, vous avez de la chance : il y a encore un taxi, là, tout près, devant les arches de pierre. Trouvez-vous demain soir, à huit heures et demie, là-haut, à la sortie du Nord-Sud Pasteur, là même où notre inconnue est sortie il y a quelques heures, vous vous rappelez ? Huit heures et demie, c'est un peu tôt, mais j'aimerais voir la fête dans toute son étendue. Allons, au revoir. Bonne nuit.

Avant que le commissaire spécial eût pu répliquer, Benoît Bandan s'était enfoncé dans la nuit.

Robert Massion resta quelques secondes immobile. Puis il haussa les épaules, se frotta les yeux et se dirigea en bâillant vers le taxi.

13

La fête battait son plein boulevard Pasteur. Elle avait commencé tôt, car les forains entendaient bien tirer le meilleur parti possible du beau temps, les dernières lueurs du crépuscule n'étaient pas encore éteintes que déjà les lampes à acétylène répandaient leur éclat papillonnant et leur odeur de ragoût brûlé sur les deux flancs de la rampe armée de grilles du métro aérien. En bas du boulevard, au carrefour qui réunit la rue de Sèvres, prolongée en fourche par la rue Lecourbe et le boulevard de Grenelle, et le boulevard Pasteur lui-même prolongé par l'avenue de Breteuil, accotée au pilier de la station aérienne Sèvres-Lecourbe, se dressait une baraque de lutteurs. Elle avait vu des jours meilleurs. La toile en était pisseuse, et les perches qui la soutenaient plantées tout de guingois. Cependant, le patron, athlète à mufle de taureau barré par une courte moustache noire, lançait à pleins poumons son boniment :

— Allons messieurs ! Allons mesdames ! Avec qui voulez-vous lutter ? À qui le caleçon ? Au militaire là-bas, qui se cache derrière le fil de fer ? Nous allons vous présenter aujourd'hui monsieur Raoul de Bordeaux, la terreur du Midi ; Jojo dit Jolicœur, le rempart de Toulouse ; Alfred le Boucher, le lutteur bien connu ; Raphaël Kosciusko, un Russe chassé de ses foyers par la Révolution, et qui en fera voir de dures aux amateurs ; et, si j'ose me nommer, moi-même, Eugène de Paris, non dépourvu de quelque renommée ! Nous avons enfin miss Appollina, la *femme-canon*, prête à lancer un défi à n'importe quel lutteur de son sesque, et, à défaut, à un lutteur de sesque différent ! Les lutteurs dont auxquels sera dévolu l'honneur de lutter avec miss Appollina sont priés de ne pas oublier les égards dus au sesque !

En effet, debout sur l'estrade, près de M. Eugène de Paris, « non dépourvu de quelque renommée », et en avant des autres lutteurs qui étalaient des anatomies de cariatides, on voyait une grande femme grisonnante, assez vieille et assez laide, à la physionomie rechignée, et dont le maillot gris délavé ne laissait que trop voir le spectacle lamentable d'une poitrine effondrée. C'était miss Appollina.

La fête battait son plein boulevard Pasteur.

Mais déjà Eugène de Paris lançait la fin de son boniment d'un coup de gueule retentissant :

— Mais à bon vin point d'enseigne ! Au pied du mur, on connaît le maçon, et nous allons passer immédiatement, à l'instant et sur-le-champ à la distribution des caleçons. Ahuec qui hhoulez-hous lutter ?... À qui l'calesson ?... Au militaire là-bas ? Hop ! Attrapez !

Il agitait dans son poing formidable trois ou quatre chiffons roulés en corde. C'étaient les caleçons. Quelques amateurs, vrais ou faux, compères splendides ou lutteurs sincères, levaient les bras dans la foule. Les caleçons promptement distribués, Eugène de Paris soulevait un rectangle de toile et invitait, d'un ultime coup de gueule, les spectateurs à entrer.

— Entrrrez ! Entrrrez ! Nous avons des places réservées à hun franc ; des premières à soixante et quinze centimes, des secondes à cinquante centimes, et d'excellentes places populaires à vingt centimes, d'où l'on peut tout hoir et tout hentendre ! Entrrrez !

En même temps, miss Appollina, frappant sur un vieux tambour sans rythme ni mesure, produisait un vacarme assourdissant.

Au pied même de l'estrade sur laquelle étaient juchés en bon ordre, Eugène de Paris, miss Appollina et les autres lutteurs dont les bras croisés faisaient saillir les biceps, deux spectateurs ébauchaient une querelle :

— Venez, entrons ! il faut avoir de bonnes places.

— Oh ! encore ! Je vous ai déjà payé deux tours de cochons de bois, et vous m'avez flanqué le mal de mer en m'infligeant les montagnes russes...

— Le spectacle de la lutte ne vous fatiguera pas, sybarite !

— Mais qu'est-ce que vous voulez voir ? ça n'a aucun intérêt !

— Je veux voir miss Appollina ! Et lui parler, si possible.

— Eh bien non ! Vrai ! Vous en avez des goûts dépravés !

Cependant, le spectateur récalcitrant, qui n'était autre que notre ami Robert Massion, se faisait finalement entraîner par Benoît Bandan.

Devant les bancs de bois, bien vite garnis de spectateurs, le spectacle commençait. Il n'avait rien que de banal. Les lutteurs faisaient des effets de torse, roulaient leurs doubles muscles, mais, au fond, on sentait qu'ils ne se fatiguaient pas. Seul, un jeune soldat, qui n'était pas un compère, car il y allait bon jeu bon argent, fit des efforts désespérés pour ne pas toucher les épaules sous la pression victorieuse de Raoul de Bordeaux, sans y parvenir d'ailleurs, handicapé par son inexpérience.

Allons messieurs ! Allons mesdames ! Avec qui voulez-vous lutter ? À qui le caleçon ?

Les assauts succédaient aux assauts et ne duraient pas plus de cinq minutes. Il était évident que le spectacle touchait à sa fin, et Benoît Bandan se montrait inquiet et désappointé.

— Eh bien ? Vous êtes content ? grogna Massion.

— Non, je…

— Pourtant, qu'est-ce qui vous faut !

— Je voulais voir miss Appollina, et il semble qu'elle ne luttera pas aujourd'hui.

— Aujourd'hui ! intervint un spectateur placé près d'eux, et qui paraissait être quelque petit commerçant de la rue Lecourbe, elle ne luttera pas plus aujourd'hui que demain. C'est un truc pour aguicher les spectateurs. Elle ne lutte jamais. Elle en est bien incapable, la pauvre.

— Vous la connaissez donc ? interrompit Benoît.

— Oh ! oui, je suis du quartier. J'habite rue Lecourbe, près d'la mercière du *Mouton à six pattes* ; Eugène de Paris vient ici tous les ans, je connais bien son personnel. Miss Appollina ? Elle est tout juste bonne à faire la cuisine à Eugène et aux autres.

— Ce n'est pas une lutteuse, dit Benoît d'un air pensif.

— Ce n'est même pas une foraine : il y a que deux ou trois ans qu'elle est avec Eugène. Ça doit être une vieille parente à lui ou la parente d'un ancien copain qu'il a recueillie par charité.

Benoît Bandan se levait.

— Allons-nous-en ! Vous aviez raison Massion, ce spectacle n'est guère intéressant. Merci, monsieur.

Et laissant le petit-bourgeois ébaubi, il entraînait son ami au dehors sans attendre la fin du dernier assaut.

— Ah ça ! dit Massion, qu'est-ce que ça signifie ? Vous vouliez lutter avec miss Appollina ?

— Lutter ? Fichtre non. Je ne sais pas plus lutter qu'elle. Mais j'espérais trouver en elle, vu son âge, une vieille routière des foires, connaissant tout le personnel de ces milieux depuis vingt ans, et qui aurait pu me donner certains renseignements…

— Alors, vous êtes venu ici pour poursuivre votre enquête ?

— Mais oui ! bien sûr !

— Pourquoi ne me le disiez-vous pas ? fit Massion d'un air de soulagement. Je croyais que vous étiez venu uniquement pour les cochons de bois. Mais, au fait, pourquoi êtes-vous monté dessus, sur les cochons de bois ?

Benoît haussa des épaules :

— Vous me faites rire ! On ne peut donc pas avoir des faiblesses, avec vous ? Pour être détective, on n'en est pas moins homme. Je ne suis pas une machine d'acier. J'ai réellement un faible pour l'atmosphère des fêtes foraines. Je m'amuse beaucoup plus ici qu'à l'Opéra. Je n'y suis pas allé souvent, d'ailleurs, à l'Opéra, mais toutes les fois que j'y suis allé, ce que j'ai pu me raser ! Jusqu'au sang ! Tandis qu'ici, quelle variété, quel pittoresque, quelle vie ! Oui monsieur, vous pouvez rire, la vie fraîche, franche, sans façon, épanouie, hardie, colorée, populaire, c'est ici qu'on la trouve. Tenez, regardez-moi ça ! Est-ce que vous trouverez ça à l'Opéra ?

« Ça », c'était une baraque adossée aux fusains dont les feuillages surmontaient les grilles du métro, car les deux amis avaient, en causant, traversé le carrefour et remonté le boulevard Pasteur. Cette misérable baraque, si petite qu'elle semblait écrasée par la maçonnerie du chemin de fer, était terminée du côté du public par une large vitrine, derrière laquelle on voyait, sur des coussins pseudo-orientaux, dans une pose alanguie d'odalisque, une pauvre fille vêtue d'un maillot rose, doré aux semelles et crasseux aux genoux. La figure était entièrement couverte par un masque noir. Trois ou quatre galopins, morveux en casquette, s'écrasant le nez sur la vitre, la contemplaient avidement. Sur une pancarte, posée près de l'odalisque, on lisait cet appel de sensationnel :

LA MYSTÉRIEUSE INCONNUE !
Elle se démasque à l'intérieur
pour dix centimes
VENEZ VOIR !!!

Robert Massion éclata de rire.

— Eh bien ! dit-il, nous qui cherchons une mystérieuse inconnue, nous sommes servis ! Pauvre fille. Elle n'a pas l'air bien grasse. Elle n'a peut-être pas à manger tous les jours. Vraiment, je me demande quel charme vous pouvez trouver à ces baraques crasseuses et à ces mystères en carton !

Benoît hocha la tête :

— En soi, vous avez raison. Tout ce clinquant est vulgaire, et même laid. Mais le charme est dans l'âme de la foule. Voyez ces quatre galopins : la petite odalisque aussi misérable qu'eux détermine dans leur pauvre cervelle un rêve de splendeur d'une intensité que n'atteindront jamais les rêves des vieux abonnés de l'Opéra. Et tous les gens qui sont ici sont dans le même cas. Ils dépensent ce soir le capital de plaisir et de loisirs accumulé pendant des mois. Remontons un peu, voulez-vous ?

La foule devenait de plus en plus dense. Ils étaient frôlés, heurtés, coudoyés, par les habitants des quartiers environnants, employés, boutiquiers, jeunes femmes et jeunes filles en cheveux, dont le fard à bon marché s'étalait crûment sous les lueurs de la fête, qui se réverbéraient sur les feuilles des arbres aux cimes perdues dans l'obscurité. Ils dépassèrent des tourniquets, des boutiques où l'on gagnait des poupées en lançant des flèches à la main sur un carton de liège, des tirs à la carabine où l'on cassait force pipes blanches disposées en éventail. En arrivant presque à la hauteur de la rue de Vaugirard, Benoît Bandan s'écria avec vivacité :

Voyez, messieurs ! Voyez, mesdames ! C'est ici véritablement la plus grosse femme du monde, la seule, la vraie !

— Ah ! en voilà une !

— Une quoi ?

— Une *plus grosse femme du monde* ! Ça doit être ce que je cherchais. L'odalisque masquée de tout à l'heure était visiblement trop jeune, mais pour être la plus grosse femme du monde, il faut avoir un certain âge. Oui, je crois que j'ai trouvé l'objet de mes désirs.

Ce qui motivait l'enthousiasme de Benoît, c'était une misérable baraque en toile grisâtre, postée juste à l'endroit où le métro s'enfonçait sous terre, adossée à une roulotte, et si petite qu'elle était à peine plus grande qu'une guérite. Une espèce de camelot minable, roulé dans un pardessus trop long et effiloché qui lui battait les talons, faisait l'article devant la baraque, hermétiquement close.

— Voyez, messieurs ! Voyez, mesdames ! C'est ici véritablement la plus grosse femme du monde, la seule, la vraie ! Au reste, pour vous assurer de la véracité de mes dires, vous n'avez qu'à regarder : nous donnons des preuves. Madame va vous montrer son bras à travers la toile. Gratis !

Ainsi disant, il montrait un carré obscur, découpé dans la toile grisâtre, et par lequel on vit en effet passer une main aux doigts pareils à des boudins blancs, bientôt suivie d'un bras nu jusqu'à l'épaule, et quel bras ! L'épaule qui montrait sa naissance à travers le carré de toile et le bras qui lui faisait suite étaient aussi gros que la hanche et la cuisse d'un colosse.

— On est prié de ne pas toucher ! s'écria le bonisseur en s'élançant au-devant d'un voyou facétieux qui allongeait la main.

— J'voulais voir si c'était pas du faux ! dit-il en ricanant.

— Vous pourrez voir à l'intérieur, dit le camelot avec autorité.

La foule attroupée riait. Benoît Bandan riait aussi de bon cœur. Mais son compagnon était de plus en plus agacé.

— Ça vous amuse ? Vous avez de la chance ! Bon Dieu ! que ça pue la graisse ici ! Ça doit être votre « plus grosse femme ». Que de lard ! Que de lard !

— Mais non, dit Benoît, c'est les frites, à côté.

En effet, tout à côté, une marchande de pommes de terre frites débitait sa marchandise en des cornets faits de vieilles feuilles d'un quotidien, à la surface desquels la graisse grésillante délayait l'encre d'imprimerie.

— Pouah ! fit Robert Massion, dégoûté.

— Allez donc, aristocrate ! fit Benoît. Qu'est-ce que vous allez dire en contemplant de près la plus grosse femme du monde !

— Ah ! mais non. Ah ! mais non. J'en ai assez ! Assez de lard comme ça ! Allez-y tout seul, si ça vous chante ! Voyez-la, contemplez-la, épousez-la si le cœur vous en dit ! Moi, je vais vous attendre de l'autre côté, à la terrasse du café, là. Tâchez de ne pas être trop longtemps, tout de même.

Et, avec un geste d'impatience, il traversait en effet la rue de Vaugirard, et, fendant la foule, se dirigeait vers une terrasse hospitalière.

Benoît le regarda, soudain devenu sérieux, puis, avec un soupir, il obéit aux injonctions du bonisseur et s'engagea, à la suite d'une demi-douzaine de badauds, sous l'auvent de toile au-delà duquel il allait pouvoir contempler, dans toute sa majesté, la plus grosse femme du monde.

◎ ◎ ◎

Quand il en ressortit, assez longtemps après, il avait l'air préoccupé, et ne faisait plus attention aux baraques ni aux bonisseurs. Il se dirigea, aussi rapidement que le lui permettait la foule dense et mouvante, vers la terrasse du café où il retrouva Robert Massion attablé devant un verre à facettes à demi plein de bière.

— Asseyez-vous ! dit le commissaire spécial, et prenez un bock. Eh bien ! l'avez-vous assez contemplée, votre idole de lard ?

— Oui, dit Benoît, en s'asseyant machinalement, et d'un air absorbé ; j'ai même eu un entretien particulier avec elle. Ça m'a coûté vingt francs. Entre parenthèses, il y avait peut-être du vrai dans vos plaisanteries de corps de garde. Cette plus grosse femme-là doit avoir des adorateurs, car le bonisseur n'a pas eu l'air trop surpris quand je lui ai exposé ma requête ; il a presque tout de suite consenti à interrompre le spectacle.

— Ah ! ah ! Est-elle vraiment énorme ?

— Une vraie montagne, et, ce qui m'intéressait davantage, assez âgée. Elle doit approcher les cinquante ans. C'est ce qu'il me fallait.

— Décidément, vous avez de drôles de goûts.

— Ne blaguez plus ! ça redevient sérieux. Je crois que je tiens une piste. La bonne femme, qui n'est pas bête — elle cache une grande finesse sous toute sa graisse — a bien vite compris où je voulais en venir.

« Elle a vécu toute sa vie dans ce milieu de forains. Elle tenait un tir aux œufs avec son mari, avant d'être devenue la plus grosse femme du monde. Quand je lui ai demandé si elle avait connu une femme faite comme ci et comme ça — vous devinez, n'est-ce pas ? quel signalement j'ai donné — elle a eu un sourire finaud. Évidemment, elle a cru que c'était l'amour ou la jalousie qui me poussait. Je l'ai laissée croire ce qu'elle a voulu. L'essentiel c'était qu'elle parle. Elle a parlé.

— Oh ! oh ! fit Massion, soudain intéressé. Sur notre inconnue ? Notre inconnue à nous ?

— Notre inconnue n'est plus une inconnue. Je sais son nom.

— Son nom !

— Ou du moins son nom de guerre, son nom professionnel, qu'elle a longtemps porté.

— Et quel est-il ?

— *Ardinghera !*

14

— Voyez-vous, poursuivit Benoît Bandan en vidant machinalement son verre de bière d'un seul trait, c'est vous qui m'avez mis sur la piste. Quand vous vous êtes écrié, après que nous eûmes reconstitué la façon dont l'inconnue nous avait échappé : il faut être acrobate pour faire ces tours-là ! vous avez déclenché une association d'idées qui étaient déjà latentes dans mon esprit, qui était en train de se faire. Je me suis dit : mais oui, évidemment, il faut être acrobate pour réussir de pareils tours de force, et notre inconnue doit nécessairement en être une.

« Comprenez-vous, elle s'est crue très forte, cette excellente assassine, mais elle a dépassé le but. Elle nous a échappé, c'est vrai, mais par la manière dont elle nous a échappé, elle s'est trahie : elle nous a donné sans le savoir un tas de renseignements.

« Elle nous a révélé qu'elle était une femme habituée aux exercices de force, une professionnelle ou une ancienne professionnelle. Une femme ordinaire n'aurait pas pu exécuter ce tour-là ; elle n'y aurait même pas songé. L'idée ne pouvait en venir qu'à une personne familière avec les exercices de ce genre. De plus, il était clair que le terrain sur lequel elle opérait lui était extrêmement bien connu. Qu'elle y eût son domicile actuellement, je ne le croyais pas ; elle ne nous aurait pas donné une indication aussi précise, et aussi directe, mais elle avait dû y habiter autrefois ou, du moins, le parcourir souvent. Je connaissais déjà la fête de Grenelle : je suis réellement, je vous l'ai dit, un fervent de ces choses-là. Les baraques rencontrées sur notre chemin, pendant la poursuite, m'avaient rappelé ce détail, que je me suis fait confirmer par l'employée du métro, vous vous le rappelez. Dès lors, si vous rapprochez toutes ces circonstances : une femme belle, mais d'une beauté un peu voyante, un peu théâtrale, capable d'exécuter de véritables acrobaties, et familière, extrêmement familière, avec un terrain occupé

C'est une ancienne écuyère de cirque. Si j'en crois la plus grosse femme du monde, elle serait même née et aurait débuté dans un cirque…

deux fois par an par des baraques foraines… vous voyez la conclusion qui s'impose. Vous comprenez maintenant pourquoi nous sommes venus enquêter sur ce terrain, dans cette atmosphère de friture qui vous dégoûte si fort.

— Vous voulez dire que cette Ardinghera, puisque c'est son nom, est une ancienne acrobate, une ex-danseuse de corde ?

— Pas précisément danseuse de corde. C'est une ancienne écuyère de cirque. Si j'en crois la plus grosse femme du monde, elle serait même née et aurait débuté dans un cirque, le cirque de son père, dont il était propriétaire et directeur. Toute petite, elle apprit la voltige et la haute école. Plus tard, son père tenta d'utiliser sa beauté en en faisant une écuyère d'apparence mondaine ; mais robuste, agile et rompue à tous les exercices du corps, elle rivalisait souvent, pour s'amuser, avec tous les professionnels de la troupe. Elle a su danser, lutter et jongler ; elle aurait pu être une miss Appollina, une vraie — pas la caricature que nous avons vue —, elle a fait des rétablissements sur le trapèze et de l'équilibre sur une perche tenue en équilibre sur le menton d'un athlète. Mais son père trouvait ça trop dangereux — il connaissait les risques — et il l'avait spécialisée comme écuyère. Et c'est ce qui nous explique bien des choses…

— Comment ? Quoi ? Vous avez encore découvert autre chose ?

— C'est curieux que vous vous montriez si… peu ouvert quand c'est vous-même qui m'avez mis sur la piste.

— Moi ? Ah bah !

— Mais oui, rappelez-vous ! N'est-ce pas vous-même qui avez fait spontanément à notre ex-inconnue l'application de la phrase que nous avons entendue chez lord Halloween, et qui nous a d'abord tant intrigués ? Cette phrase : *I am fed up with circus tricks*, que vous avez si justement traduite par : *J'en ai soupé des acrobaties*. Est-ce que cette phrase ne nous indique pas le lien, le lien possible et même probable, qui a pu rattacher les destinées de deux êtres en apparence aussi éloignés, aussi distants, aussi bien isolés parmi les barrières sociales, que le noble lord et la baladine Ardinghera ? Notre illustre seigneur est propriétaire d'une écurie de courses. Il s'est toujours intéressé à la race chevaline. Ici, je l'avoue, j'entre dans le domaine des hypothèses et je prolonge par l'imagination les indications que j'ai glanées dans les bavardages de la plus grosse femme du monde — car elle est rudement bavarde, cette chère femme — mais c'est tant mieux pour nous.

« Donc, vers 1907 ou 1908, je ne sais pas si vous vous le rappelez, car nous n'étions que gamins à l'époque, les spectacles de cirque, bien déchus de leur ancienne splendeur, ont connu une recrudescence de vogue, comme ils en connaissent de temps en temps. On parlait beaucoup du cirque Molier[1], dont le propriétaire avait su se rendre fashionable. On y voyait dans le temps beaucoup d'habits noirs. Je ne sais pas si Ardinghera a exercé ses talents

1. Cirque Molier (1880-1933) : Cirque légendaire fondé à Passy par Ernest Molier. Cette entreprise faisait une très large place aux exercices équestres et aux amazones. En outre, deux fois l'an, sur la piste, des aristocrates se mêlaient aux artistes. La presse jugea ce mélange scandaleux, représentatif de décadence morale et politique.

au cirque Molier, mais ce qu'il y a de sûr, c'est que, vers cette époque, elle avait quitté le cirque de son père.

« Il avait fini par faire de mauvaises affaires, et il a dû mourir vers ces temps-là, après avoir vendu sa baraque, sa tente et les accessoires. Ardinghera, qui avait des relations dans ce monde-là, n'a pas eu de peine à trouver des engagements, et, si j'ai bien compris, elle a eu son heure de notoriété, disons même de gloire.

« Puis tout d'un coup, au sommet de sa carrière, elle disparaît. On ne sait pas ce qu'elle est devenue. La plupart des forains de maintenant ne la connaissent plus ; beaucoup n'en ont jamais entendu parler. Le personnel se renouvelle assez vite dans ce monde-là. Qu'est devenue l'étoile filante ? La plus grosse femme du monde n'a jamais entendu parler de lord Halloween ; elle ne connaît pas ce nom-là. Mais l'opinion générale, dans l'entourage d'Ardinghera, fut qu'elle avait trouvé un riche protecteur, qui l'avait arrachée au cirque pour l'avoir à lui tout seul.

— Ce protecteur ne serait autre que le noble lord ?

— C'est très vraisemblable, et cette fois le vraisemblable a toutes chances d'être vrai. La guerre a passé là-dessus, et tout le monde a oublié la belle écuyère, devenue une lady *in partibus*, mais qui semble avoir perdu beaucoup de terrain dans le cœur de son noble soupirant. Il y a de la brouille dans le faux ménage, si j'en juge par ce que nous avons entendu nous-mêmes.

— Hum, dit passivement Robert Massion, en retournant entre ses doigts son verre vide ; tout ça s'enchaîne assez bien, et, comme vous dites, cette explication a toutes les chances d'être vraie. Mais… ne vous semble-t-il pas qu'elle n'explique que l'accessoire ? Car enfin, si nous sommes bien contents d'avoir appris comment l'inconnue a pu nous échapper hier soir et qui elle est, l'essentiel ne reste-t-il pas d'expliquer pourquoi elle a commis un crime ? Et même, d'abord, de prouver qu'elle l'a commis ?

— Vous êtes plein de bon sens, et c'est pourquoi je crois que cette partie de notre enquête est désormais terminée. Il faut aller maintenant poursuivre les opérations sur un autre terrain.

— Lequel ?

— Il faudra retourner à Soisy. C'est là que sont concentrés tous les éléments du mystère, autour de lord Halloween. C'est lui le patron de la victime ; c'est lui l'amant de la meurtrière ; c'est autour de lui, et probablement de sa fortune, que s'agitent les intérêts ou les intrigues qui ont dû donner naissance au crime. Il en connaît ou en soupçonne au moins une partie. Il s'agit de le voir, et, si nous pouvons, de le faire parler. Nous avons pour aller le voir un excellent prétexte : n'a-t-il pas retenu mes services comme détective au prix de deux mille francs ? J'irai lui rendre compte respectueusement de la façon dont j'ai rempli ma mission — et je le verrai venir.

— Oui, dit Robert Massion, assurément…

Il demeura silencieux quelques instants, puis, avec hésitation :

— Je devrais avoir appris à vous connaître. En fait, je ne vous connais que depuis quelques jours, et vous m'avez étonné plus d'une fois ; vous m'étonnerez sans doute encore. Ainsi, je devrais bien savoir que vous me dépassez, et de beaucoup, par la rapidité de l'intelligence… et pourtant, mon esprit terre à terre ne peut s'empêcher de formuler certaines objections…

Benoît Bandan leva la main.

— Mais, je vous en prie, parlez ! Votre esprit terre à terre, comme il vous plaît de l'appeler, est pour moi le plus précieux des contrepoids. L'imagination est utile, je le maintiens, mais il est vrai que j'en ai peut-être un peu trop. Si c'est là la vérité que vous tâchez de dissimuler sous des fleurs, vous pouvez la sortir toute nue.

— Oui ? Eh bien ! est-ce que vous n'allez pas un peu vite en besogne ? Je veux dire, l'identité de notre inconnue avec cette Ardinghera dont vous avez reconstitué la biographie est-elle bien assurée ? Quelle preuve avez-vous, en définitive, pour asseoir votre identification ? Les bavardages d'une vieille baladine. Et d'ailleurs, ce n'est pas comme dans le cas de Mildew, vous n'aviez pas de photographie à présenter à votre témoin.

« Vous n'avez comparé les deux physionomies que par des descriptions, par un portrait parlé, et non par le portrait parlé à la Bertillon[1], mais par une simple description faite, en somme, par des moyens d'ordre littéraire. C'est un simple signalement que vous avez donné, et à combien d'individus différents s'applique le même signalement. Il y a sans doute, ici même, plus d'une femme, autour de ces baraques, à qui s'appliquerait la description de notre inconnue, plus d'une femme

1. Alphonse Bertillon (1853-1914) : Criminologue, père de l'anthropométrie judiciaire (1870), système d'identification adopté en Europe et aux États-Unis jusqu'en 1970. Le *portrait parlé* complète en partie le signalement anthropométrique par une description morphologique du visage sur une quinzaine de critères : caractéristiques du nez, de l'œil, relevé de marques particulières (tatouage, grain de beauté, cicatrice…).

grande, avec des yeux allongés, le port majestueux, et ainsi de suite.

— Tout ce que vous dites là est juste, et je me le suis dit à moi-même.

— Eh bien ! alors ?

— Vous oubliez que mon identification ne repose pas seulement sur la comparaison de deux descriptions, nécessairement vagues, j'en conviens, mais aussi, sur des coïncidences de faits assez nombreuses pour que l'intervention du hasard soit peu probable, et aussi, ce qui est encore plus important, sur un raisonnement.

« Il y a beaucoup de femmes autour de ces baraques, comme vous dites, qui peuvent ressembler plus ou moins à notre inconnue ; mais *dans les baraques*, il y en a certainement beaucoup moins, tout simplement parce que, dans les baraques, il y a un moins grand nombre de femmes que dehors.

« Plus le nombre de femmes considérées est petit, plus le nombre probable de femmes de ce type est infime. Il diminue encore si nous restreignons notre observation à la catégorie très spéciale de femmes qui répondent aux conditions exigées.

« Être d'un certain âge et avoir été écuyère ou acrobate à une certaine époque, avoir disparu de la circulation vers 1907 ou 1908, avoir eu assez de succès pour attirer l'attention d'un homme comme lord Halloween, avouez, n'est-ce pas, que le nombre de femmes qui réunissent, *en même temps*, toutes ces conditions doit être assez minime ; mais si, dans ce petit nombre, il s'en trouve encore une qui ait par-dessus le marché, le port de la taille, la couleur d'yeux et de cheveux de la femme que nous cherchons, il y a bien des chances pour qu'elle soit unique en son genre, et par conséquent se confonde avec l'objet de notre recherche.

— Il y a bien des chances, sans doute ; mais enfin, quand il n'y aurait que deux femmes pour réunir toutes ces qualités, ce serait encore assez pour me tromper.

— C'est vrai. Mais songez que notre hypothèse est encore renforcée par d'autres coïncidences. Ce n'est pas par hasard que nous sommes ici. C'est notre inconnue elle-même qui nous y a amenés ; elle a montré qu'elle connaissait le terrain, et il est naturel que le terrain la connaisse pour ainsi dire.

« Cependant, je reconnais que notre affaire n'est pas encore absolument certaine ; il n'y a vraiment pas beaucoup de chance d'erreur ; il y en a, à mon avis, beaucoup moins que vous ne croyez ; mais enfin, il y en a. Mais c'est précisément pour cela que je veux les éliminer en allant une dernière fois prouver et éprouver mon hypothèse sur un autre terrain, c'est-à-dire à Soisy. Il n'y a pas à dire, voyez-vous, la solution est là. Songez que ce n'est pas par hasard, très probablement, que nous avons rencontré cette trop habile personne à la gare : rappelez-vous que je l'avais déjà aperçue pendant le voyage, à Enghien. Elle nous suivait depuis le début, depuis le "château".

« Il est probable qu'elle y avait surpris tout ou partie de notre conversation avec son amant ; elle était inquiète, elle voulait savoir qui nous étions, et c'est cette inquiétude qui l'a fait se dévoiler, bien qu'elle croie nous avoir échappé. Maintenant, où est-elle ? À Paris peut-être, et peut-être ailleurs ; mais tout indique qu'elle doit aller, au moins de temps en temps, chez son amant. Son inquiétude même l'y ramènera. Peut-être qu'elle habite au château même, ou dans les environs.

« En tout cas, c'est là que nous avons présentement le plus de chances d'acquérir de nouveaux renseignements ; c'est là que nous pourrons transformer en certitude ce qui n'est encore, je vous le concède, qu'une très grande probabilité : l'identité de notre femme mystérieuse et d'Ardinghera. C'est donc là qu'il nous faut aller.

Et Benoît Bandan se leva.

— Diable ! dit Massion, comme vous y allez ! Vous partez tout de suite, comme ça, pour la banlieue, à cette heure ? Le noble lord ne vous recevra pas.

Sur l'estrade, brillamment illuminée, un pitre et un auguste faisaient la parade préparatoire à la deuxième séance de la soirée.

— Oh ! je me chargerais bien de me faire recevoir, s'il le fallait. Mais telle n'est pas mon intention. J'ai encore besoin d'enquêter, et surtout de réfléchir. Oui, de réfléchir... Il faut laisser les choses se tasser dans l'esprit. D'ici demain, quelque remarque surgira peut-être qui ne me vient pas aujourd'hui. La nuit porte conseil. J'irai à Soisy dès demain matin ; je veux faire un tour dans la localité. Je ne trouverai peut-être rien, mais je peux recueillir aussi quelque renseignement utile. Mais il vaut mieux que j'y aille seul : en plein jour, deux personnes attirent l'attention et excitent souvent la méfiance. Venez seulement vers six ou sept heures, si vous n'êtes pas retenu. J'irai vous cueillir à la gare, et j'ai comme une idée que vous assisterez à l'hallali.

— Vous pensez bien que je ne manquerai pas l'occasion, dit Massion. Mais où allez-vous, maintenant ? Est-ce que vous auriez envie de faire encore un tour de chevaux de bois ?

— Non, je vais aller me coucher. Pourtant, il y a encore une dernière attraction que j'aimerais à vous montrer, en passant, si vous n'êtes pas fatigué.

Robert Massion haussa les épaules.

— Diable d'homme ! vous savez bien que je ne peux rien vous refuser. Il y a pas huit jours que je vous connais et vous me feriez passer par le trou d'une aiguille.

Au bas du boulevard, à l'endroit où il se jette dans la rue de Sèvres, avant de se continuer, de l'autre côté, sous le nom d'avenue de Breteuil, la voie s'élargit, et les maisons, obliquant vers la droite, laissent à découvert un assez vaste espace en forme de triangle. Là, au milieu d'une foule compacte, sous son fronton de toiles peintes, ceint d'un diadème de lumière, se dressait un cirque. Sur l'estrade, brillamment illuminée, un pitre et un auguste faisaient la parade préparatoire à la deuxième séance de la soirée.

— Hé ! mossié August', volez-vô gagner de l'argent ?

— Oui.

— Alorss, tâchez voar un peu moyen de répéter après moâ : « Madame de Coutufon dit à monsieur de Foncoutu : "Il y a aussi loin de Coutufon à Foncoutu que de Foncoutu à Coutufon". »

Tandis que l'auguste répétait la phrase en la déformant grotesquement, à la grande joie de la foule, les deux enquêteurs bénévoles s'approchaient en examinant curieusement la scène. Derrière les pitres, dans le flot de lumière crue qui tranchait sur la frise noire de la nuit, divers personnages se tenaient debout, le visage vêtu d'un sourire professionnel. Il y avait un monsieur Loyal, grave et correct, une dompteuse fanée, qui avait encore de la taille, sous le dolman à brandebourgs, une marquise poudrée au corsage plus que débordant, et une toute jeune fille, grande et droite, vêtue d'un maillot collant et coiffée, comme la marquise, d'un lampion Louis XV. La lumière brutale, grâce aux reflets veloutés de la nuit environnante, conférait heureusement quelque poésie à ses traits accusés, rouges de fard, à son œil fier, au-dessous duquel brillait le point noir d'une mouche.

Benoît Bandan saisit le bras de son compagnon :

— Voyez : avec un peu de bonne volonté, ne croirait-on pas Ardinghera elle-même ?

— Non, celle-ci est beaucoup plus jeune, et d'ailleurs, quoique pas mal, ne lui ressemble pas. Elle a les traits moins fins.

— Oui, mais le costume et le décor ne doivent pas avoir beaucoup changé. C'est sous ce costume et dans ce décor, à cet endroit même, qu'elle faisait la parade aux beaux jours de ses vingt ans. Qui sait, c'est ici peut-être, un soir, un soir de frairie comme celui-là, que le noble étranger, ayant eu la fantaisie de s'encanailler, aperçut la jeune écuyère dont la beauté resplendissait derrière les pitres, et s'en éprit… En tout cas, vous voyez là le cirque de son père.

Il désignait de la main les banderoles de calicot, les inscriptions en lettres jaunes des roulottes sombres qui se dissimulaient modestement derrière la vaste tente, et qui, toutes, répétaient les mêmes mots :

CIRQUE ANDRÉOLI

— Le cirque n'a pas changé de nom, dit Benoît. Il jouissait d'une certaine réputation dans les milieux forains.

— Alors, votre Ardinghera s'appelle en réalité mademoiselle Andréoli ?

— Oui : Letizia Andréoli, j'avais oublié de vous le dire ; la plus grosse femme du monde m'avait aussi fourni ce renseignement.

— Mais c'est capital !

— Pas tant que vous croyez. Le père Andréoli s'appelait-il réellement Andréoli ? C'était peut-être un surnom, un nom qu'il avait emprunté à quelque autre banquiste, ou hérité du précédent propriétaire de son cirque. Ça arrive souvent. Je parie bien que pour les trois-quarts des forains qui sont ici, et, en tout cas pour la foule c'est certain, le propriétaire actuel du cirque s'appelle lui aussi M. Andréoli. Mais qu'importe! Ardinghera, Letizia Andréoli ou tout autre nom, l'essentiel est de convaincre de son meurtre la maîtresse d'Halloween. Je voulais seulement, en vous amenant ici, ressusciter pour vous un tableau du passé, le milieu où notre héroïne a vécu. Comme ça a peu changé, ce milieu-là, comme c'est “avant-guerre”! Plus vieux que ça, même! On réédite sur ces estrades des plaisanteries qui remontent à Tabarin[1]. Ces fêtes populaires ne changent guère. Elles disparaîtront…

Il s'interrompit.

— Enfin, je voulais jouer au sorcier, évoquer pour vous la jeunesse d'Ardinghera, mais je n'ai guère réussi: vous n'avez pas l'air bien impressionné, l'homme positif.

— Vous avez très bien réussi, et, sorcier vous l'êtes, mais pas comme vous croyez, pas quand vous vous laissez aller à votre imagination. Employez-vous maintenant à me faire voir la vraie Ardinghera.

— Eh bien! on s'y emploiera demain. Allons, bonne nuit, mon cher homme positif!

Et, après un dernier regard jeté sur le tableau vivant de l'estrade, il fit un signe de la main à Robert Massion, et s'enfonça dans la foule.

1. TABARIN, ou ANTOINE GIRARD (1584-1626): Bateleur (au sens de magicien-prestidigitateur), comédien du théâtre de la foire, charlatan sur le Pont-Neuf au temps d'Henri IV. Les *tabarinades* étaient souvent de style pamphlétaire et incisif. Dans son *Dictionnaire philosophique*, Voltaire indique que de nom propre, Tabarin est devenu nom appellatif pour désigner les fous grossiers.

15

— Eh bien, quoi de neuf?

Les deux amis se trouvaient sur le quai de la petite gare de Soisy, mais cette fois, un crépuscule prolongé donnait assez de jour pour enlever toute chaleur romantique à la petite station banale et déserte qui évoquait pour eux le commencement de leur randonnée nocturne en compagnie ou à la poursuite de l'énigmatique Ardinghera.

— Pas grand'chose, dit Benoît Bandan. Aussi, nous ne sommes pas pressés, nous avons le temps. Je suis passé au «château» comme disent les gens. Lord Halloween est absent. Il ne rentrera que ce soir. J'ai prévenu que j'irai lui demander audience vers huit heures et demie. Ainsi, si vous n'avez pas encore dîné... ? Non? Eh bien, je vais vous faire faire connaissance avec le menu frugal de l'auberge qui m'a servi aujourd'hui de quartier général. Je vous préviens que ça n'a rien de princier. Le fond du repas sera composé par une omelette et du fromage.

Robert Massion fit un geste d'indifférence. Tandis qu'ils s'égaraient dans le dédale des ruelles bordées de haies émondées et où les villas n'apparaissaient que de distance en distance, Benoît Bandan resta presque constamment silencieux. Il ne sortit de

Ils arrivaient à l'orée d'une rue montante ; l'endroit était presque entièrement bordé de maisons.

Benoît poussa la porte d'un cabaret, dont l'aspect extérieur ne se distinguait presque en rien de celui des autres habitations.

son mutisme que pour demander à son compagnon s'il y avait quelque chose de nouveau sur l'affaire.

— Non, répondit Massion, on n'en parle plus. J'ai l'impression que la police a classé l'affaire ou va la classer. On a trouvé une fillette coupée en morceaux à Montrouge, près des fortifications, et vous comprenez…

— Ça vaut mieux ! ça vaut mieux comme ça, dit Benoît. Pas pour la fillette, bien sûr ! Je veux dire que l'autre affaire soit classée.

Ils arrivaient à l'orée d'une rue montante ; l'endroit était presque entièrement bordé de maisons. Benoît poussa la porte d'un cabaret, dont l'aspect extérieur ne se distinguait presque en rien de celui des autres habitations. Ils entrèrent et se trouvèrent dans une salle basse et plutôt mal éclairée, mais dont les tables de bois étaient assez propres. Ils furent bientôt assis devant le menu frugal annoncé par Benoît. Celui-ci demanda du cidre en expliquant qu'il n'aimait pas le vin d'auberge, qui était contraire à sa santé.

— Je suis très difficile en fait de vin, dit-il. Aussi j'aimerais mieux souper ce soir avec lord Halloween, qui doit avoir une bonne cave. Je me contenterais même, à la rigueur, des produits de la cave d'Ardinghera.

La fourchette de Massion sursauta sur l'assiette.

— Hein ? Ardinghera a une cave par ici ?

— Elle a même un gentil petit pavillon bâti par-dessus. Le tout se trouve sur le terrain appartenant au noble seigneur qui a cru devoir employer mes services. J'ai vu le bâtiment d'assez près, quoique je n'aie pas pu entrer. À vrai dire, je n'ai même pas essayé. Je diffère en cela de

Sherlock Holmes et de Nick Carter que je suis un très mauvais cambrioleur. Je n'ai jamais su me servir d'une pince-monseigneur.

— C'est peut-être dommage. En pénétrant dans le pavillon, qui sait ce que vous auriez trouvé ?

— Que vouliez-vous que je trouve ? Des meubles, des vêtements, tout ce qu'on trouve partout. Il me suffit de savoir ce que j'ai appris aisément en faisant causer les gens du voisinage : que notre Anglais loge là depuis longtemps une « danseuse » comme disent ces braves gens.

— Une danseuse ?

— Oh ! il est clair que pour eux, toutes les femmes entretenues sont plus ou moins des danseuses. Cette danseuse-là, personne ne l'a jamais vue danser. Elle sort, voyage, va souvent à Paris et suit les courses assidûment. Elle doit parier beaucoup. Ce dernier renseignement — je l'ai obtenu sans pénétrer par effraction, et presque sans le demander — est à mon sens d'une importance capitale.

— Pourquoi ?

— Songez à une chose. Jusqu'ici, nous avons été si absorbés par l'identification de la victime, puis de la meurtrière, que nous avons presque entièrement négligé certains aspects du crime. Nous ne nous sommes guère préoccupés, entre autres choses, du motif, du mobile. Nous sommes à peu près sûrs, maintenant, que c'est Ardinghera, maîtresse de lord Halloween, qui a tué Joseph Mildew, espèce de majordome au service de ce dernier. Mais pourquoi l'a-t-elle tué ?

Il leva les yeux sur son vis-à-vis, paraissant attendre une réponse. Massion répondit à son regard interrogateur par un regard passablement ahuri.

— C'est à moi que vous demandez ça ? Du diable… est-ce que je sais, moi !

— Essayez de trouver. Je voudrais savoir ce que vous pensez.

— Mais je ne pense rien de précis. Je ne pourrai vous dire que des banalités. Ça ne vous serait d'aucune utilité.

— Mais si. Vous avez beaucoup de bon sens, et vous ne pensez pas de la même façon que moi. Ce que vous direz me servira de point de comparaison pour juger mes propres pensées.

— Eh bien ! que sais-je, moi ? L'argent fait commettre bien des crimes.

— Alors, vous pensez que notre écuyère a tué Mildew pour le voler ?

— On a vu plus fort que ça. Il devait avoir de l'argent, ce bonhomme, à force de tripatouiller pour le compte de son maître, qui est puissamment riche.

— Il y a du vrai dans ce que vous dites. Mildew avait certainement de l'argent. Mais si Ardinghera avait besoin d'argent, il était peut-être plus court et moins dangereux pour elle, au lieu de tuer le valet, de s'adresser au maître qui n'a rien à lui refuser. Non, si l'argent intervient dans cette affaire, ce n'est pas de cette façon trop simple.

— Alors, si vous ne voulez pas de l'argent… Hum ! que diriez-vous de la jalousie ?

— Comment l'entendez-vous ?

— Ce Mildew était peut-être son amant. Son amant de cœur et supplémentaire, puisque lord Halloween est le monsieur qui paie. Il l'a trahie pour une autre « danseuse », et alors…

— Hum ! dans cet ordre d'idée, évidemment, tout est possible, extrêmement possible. Mais vous avez vu de près, comme moi, la tête de ce Mildew. Trouvez-vous sincèrement que c'était une tête à inspirer des passions ? Des passions allant jusqu'au meurtre ?

— Non, bien sûr. Il avait plutôt une sale tête. Un museau chafouin d'animal rusé. Mais ça ne veut rien dire. Dans ce domaine-là, comme vous dites vous-même...

— Tout est possible. Mais tout de même, ce n'est guère probable. Pourtant, là aussi, il y a quelque chose dans ce que vous dites. S'il n'est guère vraisemblable qu'Ardinghera fut amoureuse de Mildew, on peut très bien admettre que Mildew était devenu amoureux d'Ardinghera.

— Alors, vous pensez qu'elle l'a tué pour défendre sa vertu ?

— Oh ! sa vertu !... Et puis, on ne défend pas sa vertu en pleine gare Saint-Lazare. Non, je pense que la vertu d'Ardinghera avait depuis longtemps succombé. Rappelez-vous que Parcivet les a vus s'embrasser ; que l'estomac de Mildew a été trouvé plein d'alcool. Tout indique qu'ils sortaient d'une partie fine et qu'Ardinghera était depuis plus ou moins longtemps, en tout cas depuis ce soir-là, la maîtresse de Mildew.

— Alors, vous voyez, c'est bien ce que je disais : crime d'amour.

— Non, ce n'est pas précisément ce que vous disiez. Crime d'amour ? C'est que je ne suis pas du tout sûr que notre écuyère aimait ce Mildew.

— Alors pourquoi était-elle devenue sa maîtresse ?

— Ah voilà ! Voilà ! Vous avez mis le doigt sur le point délicat. Cette belle créature avait évidemment inspiré à l'ancien jockey — car c'était un ancien jockey, je ne sais si je vous l'ai déjà dit — une de ces passions sensuelles qui peuvent mener loin. Mais comment l'avait-il amenée à satisfaire cette passion ?

« Je pense que c'est par la contrainte. Elle s'était livrée à Mildew malgré elle, et elle l'a tué peut-être pour se délivrer de ce cauchemar. Vous savez, il n'y a pas de supplice plus intolérable que de subir les caresses d'un être qu'on n'aime pas. C'est une des choses qui vous font le mieux comprendre comment on devient assassin, et c'est d'ailleurs la raison qui est au fond de tant de drames conjugaux.

« Mais pour en revenir à notre écuyère, si cette hypothèse est vraie, quel était le moyen de contraintes dont se servait Mildew ? D'où lui venait son ascendant sur Ardinghera ? Et ce devait être un fameux ascendant ! Je crois que le secret de tout ce qui nous reste à découvrir est là.

Il resta un moment silencieux, puis reprit :

— Il ne la dominait sûrement pas par la force physique, car c'est une athlète, mais bien plutôt par la ruse, ce qui serait d'ailleurs en accord avec le tempérament indiqué par sa physionomie.

— Alors, dit Massion, c'était peut-être un secret, quelque chose de honteux, qui pouvait la perdre et dont il avait connaissance.

— Ah ! dit Benoît, vous y êtes ! Je ne vous cacherai pas que c'est précisément la conclusion à laquelle je suis arrivé. Mais je voulais voir si vous y arriveriez de votre côté, pour contrôler. Seulement ce n'est pas tout. Quelle était la nature de ce secret ?

— Eh bien, mais, puisque nous sommes convenus que c'était quelque chose de honteux, c'était sans doute un secret de famille, une tache, que sais-je? Elle était la fille d'un forçat, ou tout au moins d'un homme déshonoré, et elle ne voulait pas que lord Halloween en fût informé.

— Mauvais ça, très mauvais! C'est du mauvais mélodrame: *La fille du forçat* ou *La fille du failli*. C'est du mélo désuet: aujourd'hui, nous vivons à une époque individualiste: on se fiche pas mal de ce qu'ont fait des ancêtres. Qu'une belle fille vienne se jeter dans vos bras, si elle vous dit vraiment quelque chose, je crois que vous ne vous préoccuperez pas beaucoup de l'état civil de son père.

«En tout cas, on ne tue plus pour ça, je veux dire: pour cacher les fautes de ses aïeux. On ne tue que pour cacher les siennes. Si l'écuyère a donné prise à Mildew, c'est par une faute qu'elle avait commise elle-même. Mais laquelle?

«Ah! c'est ici que l'argent rentre en scène. Je vous ai dit qu'elle pariait aux courses. Quand on parie, il arrive quelquefois que l'on perde. Et si l'on n'a pas les reins solides... Supposez notre Ardinghera ratissée plusieurs fois de suite. Elle a engagé ses bijoux, vendu tout ce qu'elle pouvait vendre, emprunté à droite et à gauche, et même à Mildew, qui est là qui la guette... qu'est-ce qu'elle peut faire?

— Mais vous avez dit tout à l'heure que le plus simple pour elle était de demander de l'argent à son amant, lord Halloween.

— Oui, j'ai dit ça, mais en supposant qu'elle se trouvait dans l'alternative de lui demander de l'argent ou de tuer. Mais au moment où je me place, les choses n'en sont pas encore là, et mille raisons peuvent la détourner de s'adresser à lord Halloween : elle l'a déjà importuné de ses demandes, et elle a subi des rebuffades ; il peut être absent ; ou bien il est intervenu entre eux une brouille momentanée.

« Le peu que nous avons entrevu ou deviné de ce ménage morganatique semble bien indiquer que la lune de miel subit, depuis longtemps, de nombreuses éclipses. Supposez que la période d'embarras coïncide avec une période de brouille, qu'elle ait déjà eu recours peu de temps auparavant à lord Halloween, qu'il lui ait signifié brutalement qu'à l'avenir il ne se laisserait plus gruger… Alors, qu'est-ce qu'elle peut faire ?

— Mais… je ne sais pas.

— Bien des choses, et entre autres, voler lord Halloween.

— … Le voler !

— Oh ! bien entendu, avec l'intention de restituer aussitôt que possible. Naturellement, au moment où elle a fait cela, elle a un *tuyau* ; elle est sûre de gagner le lendemain aux courses dix fois le montant de ce qui n'est pour elle qu'un emprunt. Pour vous et moi, c'est un vol ; pour elle, c'est une vétille.

« Réfléchissez de plus qu'elle est possédée par la folie du parieur, à laquelle elle s'abandonne avec d'autant plus de véhémence que l'amour la déçoit, et qu'elle sent son amant s'éloigner d'elle de plus en plus. Enfin, sans doute, elle est aidée et poussée par Mildew, qui ne demande qu'à la voir dans une situation compromettante, et lui représente toute l'affaire comme sans conséquence.

Comprenez-vous, dans ces conditions, qu'elle en arrive à prendre plutôt qu'à demander ?

« D'autant plus qu'elle n'a peut-être pas pris matériellement de l'argent ou des billets dans un tiroir. Elle a dû plutôt se livrer à quelques malversations avec la complicité de Mildew…, intercepter une lettre, ou en forger une, ou une signature ; faire un faux chèque, par exemple… oui, ça doit être ça, un faux chèque ; car Mildew s'arrangerait naturellement pour le garder, et tiendrait ainsi la menace du scandale et de la prison constamment suspendue sur sa tête.

« Être arrêtée comme faussaire ! Paraître entre deux gendarmes devant l'homme qui ne l'aime déjà plus, devant son aristocrate amant ! Tout, plutôt que cela ! Tout, même l'amour du répugnant Mildew. Et puis un beau jour, le répugnant Mildew devient décidément si répugnant et si intolérable — en même temps que compromettant — qu'on aime mieux le tuer, tout simplement. Eh bien ! qu'en dites-vous ?

Massion hocha la tête.

— Votre petit roman est vraiment très logique et très bien construit. Je n'y vois pas de point faible. Mais enfin, ce n'est qu'un roman. Toujours votre imagination.

— Oui, c'est vrai. Vous me répétez ce que vous me disiez hier soir, homme positif. Il vous faut des faits, des faits jusqu'au bout. Eh bien ! allons les chercher.

Il jeta soudain sa serviette sur la table d'où l'omelette et le fromage avaient depuis longtemps disparu, et qui était toute striée des cendres des cigarettes fumées par Massion. La dépense avait été réglée d'avance. Benoît tira sa montre.

— Il est bientôt l'heure à laquelle je dois me présenter chez le noble lord. Venez-vous ?

Ils suivirent en silence pendant quelque temps les ruelles obscures du village de banlieue. Massion voulut parler, mais Benoît le fit taire d'un geste. Il voulait évidemment concentrer ses pensées pour se préparer à la démarche assez hasardeuse qu'il entreprenait. Ce ne fut qu'aux abords de la loge qu'il parla.

— Je me demande si nous allons être reçus, dit-il.

Cette crainte était vaine, car, au premier coup de sonnette, le concierge vint leur ouvrir, et le même maître d'hôtel qui s'était déjà trouvé là la première fois s'y trouvait encore, guettant apparemment leur arrivée.

— Sa Seigneurie vous attend, dit-il simplement.

Il était clair que sa seigneurie n'était pas encore libérée de toute inquiétude au sujet de l'affaire Mildew. Ils furent reçus cette fois dans une pièce du premier étage, meublée en bureau-bibliothèque, mais il était clair qu'on n'écrivait guère et qu'on lisait encore moins. Les sombres corps de bibliothèque grillagés montant jusqu'au plafond, aux volumes immuablement rangés, avaient bien l'air de meubles que l'on n'ouvre jamais. Lord Halloween était assis en costume d'intérieur derrière un bureau anglais et fumait un cigare. Il affectait un air négligeant, mais il avait toujours sa cravate à la Bergson.

Malgré sa pause hautaine et indifférente, la main qui tenait le cigare, lorsqu'il le retira de sa bouche pour en secouer la cendre dans un réceptacle de cuivre curieusement ciselé, décelait quelque nervosité. Il salua les deux compagnons d'une légère inclination de tête et leur désigna des fauteuils de cuir.

Benoît Bandan s'assit et garda le silence. Robert Massion s'était confortablement installé comme pour un spectacle. Au bout d'une ou deux minutes qui s'écoulèrent dans une inexplicable atmosphère de gêne, sa Seigneurie finit par dire d'un ton impatient :

— Eh bien ! monsieur ? J'avais cru comprendre que vous aviez quelque chose à me dire.

— Il est vrai, monsieur, dit Benoît.

Robert Massion, dans le nouveau silence qui suivit, remarqua pour la première fois que son ami ne donnait aucun titre au noble seigneur et l'appelait simplement *monsieur*. Enfin, Benoît parla.

— Monsieur, dit-il, je vous prie d'excuser mon hésitation. Si j'ai quelque mal à me décider à parler, c'est que les paroles que je dois prononcer seront peut-être pénibles pour vous et pour moi, et que j'aurai besoin de toute votre indulgence.

— Elle vous est acquise, dit lord Halloween d'un ton sec.

— Puisqu'il en est ainsi, monsieur, dit Benoît en se levant et en tirant un papier de la poche intérieure de son veston, je dois tout d'abord vous prier de reprendre ce chèque, car je ne crois pas que la mission qu'il devait récompenser soit jamais remplie.

Lord Halloween déposa son cigare et regarda d'un air surpris le rectangle de papier que le policier amateur venait de déposer sur le bureau.

— Qu'est-ce à dire ? fit-il d'un air plus hautain que jamais. Dois-je comprendre que vous avez échoué dans votre enquête ?

— Au contraire, dit Benoît, s'appuyant du bout des

doigts sur le bureau, et le regardant dans les yeux, l'enquête est terminée.

Le noble lord eut un léger soubresaut et se renversa sur son siège, puis déclara :

— Eh bien ! alors ? Vous n'avez qu'à faire arrêter le coupable !

— Non, dit Benoît.

— Non ? Et pourquoi ?

— Parce que je ne pense pas que tel soit le désir de votre Seigneurie.

Robert Massion nota l'emploi du titre et crut y distinguer une ironie cachée. Lord Halloween répondit avec une moue dédaigneuse :

— Vraiment, vous vous méprenez, monsieur. Si vous connaissez le coupable, faites-le arrêter sans délai. Je vous ai payé pour cela.

— Vraiment, monsieur, dit Benoît en se reculant légèrement, vous désirez, *vraiment*, que je fasse arrêter *la* coupable ?

Lord Halloween ne sourcilla pas.

— La coupable ? dit-il. C'est donc une femme ? Je vous en prie, contez-moi cela. Ce doit être curieux.

— Soit, dit Benoît.

Et reculant jusqu'à sa chaise, mais sans s'y asseoir, une main sur le dossier, il se mit à parler par petites phrases sèches, crépitantes.

— La coupable est une ancienne écuyère de cirque, nommée ou tout au moins connue sous le nom d'Ardinghera. Elle habite ici même, sur votre domaine. Dans un pavillon, à quelques centaines de mètres de ce château. Il y a des années que vous êtes… dans ses bonnes grâces. Elle vit de vos générosités. Elles ne lui ont plus suffi, sans doute, depuis quelque temps. Elle a eu des besoins d'argent, à la suite de pertes aux courses. Elle vous a donc emprunté — un policier officiel dirait volé — des sommes assez importantes. Mildew, votre homme de confiance, était au courant de ces vols. Il a abusé de ce qu'il savait pour obliger l'ancienne écuyère à devenir sa maîtresse, et sans doute, en quelque façon, son esclave. Elle a dû s'en fatiguer, car, après l'avoir grisé d'alcool et peut-être aussi d'amour, elle l'a tué, l'autre soir, en pleine gare Saint-Lazare. Elle savait qu'on n'est jamais si bien caché qu'au milieu d'une foule. Si vous exigez absolument son arrestation, vous devez mieux que moi savoir où elle est en ce moment.

Benoît Bandan se tut. Lord Halloween était admirable. Il avait repris son cigare, et, renversé dans son fauteuil, il avait écouté ce discours sans broncher. Le bras accoudé sur un des bras du fauteuil, la main qui tenait le cigare en l'air d'un geste négligent, ne tremblaient pas.

— Vous m'aviez demandé mon indulgence, dit-il d'un ton parfaitement calme. Vous me rendrez cette justice, monsieur, que je vous l'ai accordée tout entière. Certainement, beaucoup d'employeurs n'auraient pas eu la patience d'écouter votre intéressant roman jusqu'au bout, et si c'est là tout ce que vous avez découvert, je comprends que vous ne vous sentiez pas en droit de conserver la somme que je vous avais remise.

Il abaissait son regard sur le chèque, comme pour mieux souligner ses paroles. Ou bien était-ce qu'il ne pouvait soutenir le regard de l'homme à qui il parlait si dédaigneusement ? En tout cas, celui-ci ne se déconcerta pas.

— Vous niez donc, monsieur, dit-il, jusqu'à l'existence du pavillon situé dans votre parc, que bien des gens ont vu, et de la personne qui l'habite, que nous avons vue nous-mêmes ?

Lord Halloween se redressa.

— Monsieur, bien que votre profession vous justifie dans une certaine mesure d'espionner les gens, cet espionnage a ses limites. Permettez-moi de vous indiquer que vous touchez là à des choses qui ne vous concernent pas.

Benoît Bandan allait répondre. Il n'en eut pas le temps. Une porte située en face de lui, à droite du bureau et de lord Halloween, s'ouvrit brusquement, et une femme entra comme une tempête. C'était elle, Ardinghera.

Il était visible qu'elle était violemment émue. Ses longs yeux brillaient, dilatés par la fièvre. Benoît et Robert Massion, qui ne l'avaient jamais vue de si près, sauf pendant une seconde, dans le métro, lorsqu'elle s'était brusquement retournée, la considéraient de tous leurs yeux. La lumière du plafonnier permettait de distinguer les premiers coups de griffes de l'âge, encore légers. D'ailleurs, on voyait que c'était une femme faite pour être vue de loin, sur la scène, ou dans la rue. Dans cette pièce, parmi ces livres, son attitude avait on ne sait quoi de théâtral et d'excessif.

Lord Halloween s'était brusquement levé. Une vive contrariété se peignait sur son visage. Il s'avança vers l'écuyère comme pour la calmer et sans doute avec l'intention de la reconduire dans une autre pièce. Elle l'arrêta d'un geste.

— Restez, Francis. Mentir est inutile, maintenant. C'est la fin, je le savais. N'essayez pas de lutter avec cet homme ; je crois que c'est un sorcier. En tout cas, il a le mauvais œil. Ah ! les cartes me l'avaient bien dit : un homme brun, ayant le mauvais œil. Aussi, dès le premier soir où il est venu ici, j'ai compris que c'était fini.

Elle parlait d'une voix un peu rauque et cependant chaude et encore prenante. Il y avait dans sa personne quelque chose de si tendu, de si tragique, que malgré ses allusions aux cartes et au mauvais œil, on ne songeait pas à sourire. Elle se tourna vers Benoît.

— Eh bien ! oui, vous savez tout ! C'est moi qui l'ai tué. Ah ! c'est ma faute ! Je n'avais pas su lire dans les cartes : j'avais cru voir le cheval noir, et c'était le cheval gris. J'ai parié — j'ai parié sous votre nom, Francis, il faut que vous le sachiez maintenant. J'ai engagé des paris sous votre nom.

Lord Halloween fit un geste pour l'arrêter, mais elle poursuivit.

— J'ai perdu plusieurs fois, et il fallait couvrir les pertes, et vous n'étiez pas là. Ce chien puant est venu ; il m'a terrifiée, il m'a fait peur, puis il m'a offert de payer, avec son argent ; il m'en a donné d'autre pour jouer, et j'ai même gagné, mais à quoi bon ? Il fallait lui donner mon argent et mes caresses. Tout était pour ce chien insatiable. Il m'avait fait écrire des lettres. Ah ! quelle existence ! Aussi, je n'avais plus qu'un espoir dans la vie, je ne pouvais plus avoir qu'un plaisir, celui de le tuer. Oui, je l'ai tué et je mourrai contente.

Elle semblait être sous l'emprise d'une surexcitation qui se traduisait par de courtes périodes d'exaltation coupées par des moments de dépression. Elle faisait des gestes violents comme avec une cravache.

Benoît Bandan lui dit doucement et gravement :

— Nous savons tout cela, Letizia Andréoli ; oui, il vous a fait souffrir, et nous savons que vous méritez notre pitié.

— Ah ! vous savez mon nom ! dit-elle d'une voix devenue stridente. Ah ! c'est bien un sorcier !

Et se retournant vers Robert Massion :

— Prenez garde ! c'est un jettatore[1] ! Vous le croyez votre ami, mais il vous portera malheur.

— Non. Je ne suis pas un sorcier, dit Benoît, et la preuve c'est que je ne sais pas comment vous l'avez tué, ni pourquoi vous l'avez amené à la gare Saint-Lazare pour le tuer.

— Ah ! ah ! (Elle riait presque.) C'était bien calculé. Oh j'avais réfléchi. Il venait souvent dans le pavillon. J'étais obligé de faire ses caprices, et il buvait. Ah ! il buvait comme un porc. Et quand il avait bu, il était gai. Si vous saviez ce que sa gaieté était pour moi ! Ah ! je l'aimais mieux méchant. Mais, ce soir-là, j'ai été gaie avec lui. Nous avons bu. Je me suis mise à sa plaisanterie. Je lui ai mis un képi sur la tête : c'était un accessoire de cirque ; il servait pour jouer les parades du temps où j'étais Letizia Andréoli. Ah ! vous savez cela aussi, jettatore ! Il n'a pas voulu le quitter, il se trouvait beau ! Il faisait des cabrioles. J'ai eu mille peines à le mettre dans l'auto pour le mener à Paris ; mais quand il a eu rebu et

1. JETTATORE [dʒɛ.ta.tɔʁ], s. m., de l'italien *gettatore* : Jeteur de sort. Ce terme apparaît avoir été introduit dans la langue française en 1842 par Alexandre Dumas père tantôt sous l'orthographe de *jettatore* tantôt sous celle de *gettatore* (*Le Corricolo*, vol. I).

remangé au *Paon blanc*, il s'est tenu tranquille : il était alourdi. Je l'ai mené sans peine à la gare Saint-Lazare, en lui faisant croire que c'était la gare du Nord. Il n'a rien vu, tellement il était saoul.

Benoît Bandan laissa échapper une exclamation :

— Ainsi, vous n'aviez rien à faire ni l'un ni l'autre à Ville-d'Avray ! C'était seulement pour détourner les soupçons ; il croyait revenir ici !

— Oui, par le train. C'était stupide puisque nous avions l'auto que j'avais laissée au garage. Mais il n'a pas discuté. Il me laissait tout de même avoir des caprices, mais il me les faisait payer… cher. Mais cette fois-là, c'est moi qui l'ai fait payer. Ah ! le poignard ! Savez-vous cela, vous, sorciers ? C'est encore un héritage de Letizia Andréoli, un poignard de cirque, mais bon quand même. Je n'ai eu qu'à casser le manche pour le cacher.

Benoît hocha la tête :

— C'est égal, c'était bien risqué de le poignarder ainsi au milieu de cette foule !

Ardinghera lui lança un regard de mépris :

— Pourquoi faire semblant de ne pas savoir ? Tu veux que je parle ? Comme tu voudras. Tu sais bien pourtant que je pensais le jeter sous les roues au moment du départ pour faire croire à un accident. Quand j'ai vu les portières se fermer, je l'ai pris au cou d'une main et, de l'autre, j'ai enfoncé. Il n'a rien dit. Et, alors, là… j'ai eu peur. Le coup de la mort, je l'avais donné. C'était fait. Je croyais sentir s'affaisser le cadavre ; j'hésitais. La tête me tournait ; je restais avec ma bouche sur celle du mort… je n'avais plus la force de le jeter sous les roues qui devaient le déchiqueter. Et, tout à coup, j'ai cru mourir.

« J'ai vu le cadavre s'arracher de mes bras et grimper sur le marchepied du wagon. J'ai cru que c'était un miracle, et puis j'ai cru l'avoir manqué. Je me suis sauvée : j'étais folle. Je croyais que le diable l'avait ressuscité, qu'il allait parler… et même maintenant… qui sait ? Il a dû parler, au moins à celui-là, qui fait semblant de ne rien savoir. Mais maintenant… Ah ! maintenant, jettatore, à quoi bon ton savoir ?

Elle avait parlé avec une exaltation croissante, les joues en feu, les yeux agrandis. Il était évident pour les trois hommes rassemblés autour d'elle qu'elle souffrait de plus en plus. Mais sa souffrance était-elle morale ou physique ?

Ils n'eurent plus aucun doute lorsque, après un dernier geste du bras comme pour cravacher Benoît Bandan, ils la virent tournoyer, s'affaisser, essayer de rattraper au vol le coin du bureau, puis tomber de son long sur le tapis où elle se mit à se tourner et à se retourner sans cesse, tantôt sur le ventre, tantôt sur le dos, les poings à la bouche et, poussant des cris sourds, comme si l'on avait hurlé sans articuler dans un porte-voix.

Les trois hommes s'élancèrent. Lord Halloween faisait peine à voir. Toute sa morgue était tombée. Benoît Bandan, lui-même, semblait ému.

Il se pencha sur le corps agité de tremblements convulsifs, passa sa main sur le front couvert de sueur, et dit :

— Pas de doute : elle s'est empoisonnée.

— Empoisonnée ! cria lord Halloween.

— Avez-vous un médecin ? J'ai peur qu'il ne soit trop tard.

— J'ai un médecin dans la maison, car depuis quelque temps, je fais du diabète.

— Vite…

Déjà lord Halloween avait appuyé sur un timbre. Au maître d'hôtel accouru il jetait des ordres. Les portes s'ouvraient, des gens accouraient.

Des gens maladroits et effarés, qui emportaient le corps d'Ardinghera secoué par des convulsions, cortège funèbre et désordonné.

Benoît Bandan et Robert Massion restèrent seuls dans le bureau, plantés l'un en face de l'autre, sans mouvement et sans voix. Tout cela s'était passé si vite qu'ils croyaient rêver.

— Mais enfin, qu'est-ce qu'elle a? dit enfin Robert Massion. Est-elle vraiment empoisonnée?

— Probablement de l'arsenic, répondit Benoît Bandan d'une voix sans timbre. Poison facile à obtenir. Connu de tout le monde, même des gens sans instruction. Mais, à haute dose, procure des douleurs intolérables.

Ils se turent. Au bout d'un instant, le maître du lieu rentra fort pâle et le front couvert de sueur. Mais, par un effort de volonté, il avait repris son calme. Il referma soigneusement les portes et dit à Benoît d'un ton froid:

— Monsieur, je vous dois des excuses. Veuillez les accepter et reprendre ce chèque que, j'en conviens, vous avez parfaitement gagné.

Un flot de sang monta au visage basané de Benoît Bandan. Il saisit brusquement le chèque que lord Halloween lui tendait du bout des doigts, le chiffonna dans son poing et le jeta à l'autre bout de la pièce.

— Monsieur, dit-il, je suis pauvre, c'est vrai, plus

pauvre encore que vous ne le pensez, mais croyez bien que je n'ai pas fait tout cela pour l'amour de l'argent. En fait, je n'étais sûr de rien, ce soir, en venant ici ; et si je vous ai parlé comme je l'ai fait, c'était uniquement pour éprouver mes soupçons. J'ai été un maladroit de ne pas prévoir que cette malheureuse femme voudrait à tout prix savoir quelles nouvelles j'apportais et qu'elle tâcherait de nous écouter, avec ou sans votre permission. Si je l'avais prévu…

Il s'interrompit soudain et haussa les épaules.

— Mais à quoi bon tout cela ? Vous ne me croyez pas.

Il tourna les talons et se dirigea vers la porte. Mais là, il sentit qu'on lui touchait l'épaule. Lord Halloween était derrière lui.

— Monsieur Bandan, excusez-moi. C'était à moi de voir que je pouvais avoir confiance en mon homme. Si je l'avais fait, des malheurs auraient été évités. Ne vous tourmentez pas pour le chèque. Je vous en enverrai un autre, plus fort… Adieu.

Benoît Bandan secoua la tête.

— Si vous voulez me faire plaisir, ne me parlez pas de chèque et dites-moi ce qu'a dit le médecin.

— Il n'y a pas d'espoir. Il lui a fait seulement une piqûre, pour calmer les douleurs, qui sont atroces. Elle ne crie plus ; mais c'est comme si elle était déjà morte.

Il se tut. Benoît Bandan vit son visage si tendu qu'il eut pitié. Sans mot dire, il fit signe à Massion de le suivre et il sortit à grands pas, si vite que sa sortie avait l'air d'une fuite.

ÉPILOGUE

Lorsque l'air frais de la nuit et la marche dans les ruelles eurent un peu calmé le détective amateur, c'est-à-dire en arrivant aux abords de la petite gare, Robert Massion se hasarda à lui parler.

— Eh bien ! dit-il, c'est égal, vous avez raison sur toute la ligne.

— Sur toute la ligne ? Oh ! non, dit Benoît. Je n'aurais jamais deviné qu'elle voulait jeter sa victime sous les roues du train, et pourtant, quand on y songe, c'était logique. Poignarder un homme en pleine gare Saint-Lazare sans savoir ce qu'on fera du cadavre, c'était idiot ! Et elle ne pouvait pas savoir à l'avance que la victime aurait assez de force pour monter dans le train en partance. C'est clair comme le jour ! Et je n'avais pas songé à ça ! C'est comme le départ pour Ville-d'Avray. Il s'est trouvé que nous n'en avons pas eu le temps, mais ç'a été une pure chance : j'aurai bien été assez bête pour aller me fatiguer de ce côté-là. Ah ! voyez-vous, ce truc de détective ! Peuh ! le plus fort de nous tous n'est jamais qu'un homme !

Il baissa la tête, resta un moment silencieux, et reprit :

— Et puis qu'importe ! Toutes ces ratiocinations sont bien pâles à côté des passions qui motivent des actes pareils. Cette Ardinghera, quelle femme ! Oh ! je sais, dit-il comme s'il répondait à une objection de Robert, qui cependant ne disait rien, vous me direz qu'elle est à peu près inculte. Elle croit aux cartes et au mauvais œil. Qu'est-ce que ça peut faire ? Les princesses des tragédies croient aux songes, aux oracles et aux magiciens. Et elles ne reculent pas non plus devant les gestes pareils à ceux d'Ardinghera. Passionnée et superstitieuse… elle avait tout ce qu'il fallait pour être une grande criminelle — dans un autre temps. C'est une Médée, une Phèdre. D'ailleurs, elle a fini comme Phèdre.

J'ai pris, j'ai fait couler dans mes brûlantes veines
Un poison que Médée apporta dans Athènes…

« Bien sûr, c'était tout bêtement de l'arsenic. Mais le geste était le même : le courage et le défi de la confession sur le seuil de la porte noire…

… en arrivant aux abords de la petite gare, Robert Massion se hasarda à parler.

Il resta de nouveau un moment silencieux, puis, comme s'il ne pouvait détacher sa pensée de ce sujet il reprit encore.

— Quel courage ! Mais moins grand que celui qu'il lui a fallu pour le meurtre. Imaginez cette femme, dans le soir tombant, et après quelle affreuse journée, traînant cet odieux ivrogne à son bras dans la foule. Parmi ces petits employés qui rentrent manger la soupe du soir en banlieue, personne ne se doute des passions qui s'agitent là, si près. Et pourtant, Ardinghera est là, avec cet individu déjà presque réduit à l'état de cadavre par un décret de sa volonté…

Il se secoua.

— Oui, quel drame ! Mais il ne verra jamais la rampe, et les journaux en ignoreront l'épilogue. Il s'est joué pour nous seuls. Moi, j'ai payé ma place assez cher et j'ai fait pas mal de gaffes ; mais vous, mon ami, vous pouvez vous dire, sans arrière-pensée, que vous avez assisté à un incomparable spectacle. Vous avez eu de la chance ! Tenez, ajouta-t-il sans transition, voulez-vous me rendre un service ?

— Mais bien entendu ! Tant que vous voudrez ! répondit Massion avec empressement.

— Merci. Je vous dois beaucoup et j'espère pouvoir reconnaître cela plus tard. Mais ce soir, j'ai besoin d'être seul. Excusez-moi, mais laissez-moi. Adieu… nous nous reverrons plus tard.

Et soudain, laissant Robert Massion stupéfait planté sur le terre-plein de la petite gare, il dévala le sentier qui longeait la voie et s'enfonça tout seul dans la nuit.

Ardinghello

und die

glückseeligen Inseln.

Eine

Italiänische Geschichte

aus dem sechszehnten Jahrhundert.

Erster Band.

Lemgo,

im Verlage der Meyerschen Buchhandlung 1787.

Ardinghello

und die

glückseeligen Inseln.

Eine

Italiänische Geschichte

aus dem sechszehnten Jahrhundert.

Zweyter Band

Lemgo,

im Verlage der Meyerschen Buchhandlung 1787.

… cette œuvre licencieuse a pour titre original Ardinghello und die glückseligen Inseln *(1787 - 2 volumes).*

Introspection

Postface de Guibert Lejeune

Ardinghera est ici à la fois le nom de l'héroïne – si l'on peut dire – et le titre du roman. Le nom d'Ardinghera, qui est apparu mystérieux à l'esprit du lecteur qui n'aura pas lu la préface de Jean-Paul Morel, fait en réalité écho au titre d'une des plus anciennes utopies, de celles recensées comme telles par les premiers chercheurs et théoriciens du genre, Max Nettlau (1865-1944) et Régis Messac (1893-1945). Écrite par le poète et philosophe allemand Wilhelm Heinse (1746-1803), cette œuvre licencieuse a pour titre original *Ardinghello und die glückseligen Inseln* (1787). Traduite de l'allemand par les citoyens Weltzien & Faye jeune, elle parut à Paris, chez Cramer, 12 rue des Bons-Enfants, en l'an VIII de la République sous le titre *Ardinghello et les îles de la félicité, histoire italienne du XVIe siècle* (1800)[1].

Au regard de l'*Esquisse d'une chronobibliographie des utopies* ([… 1940] Lausanne, Club Futopia, 2962), il semble que Messac a eu en main un exemplaire de la seconde édition allemande (1794) qui, au vu de la date de la préface (*Dezember* 1785), lui en fait dater l'origine en 1785. De son côté, en 1925, l'historien du socialisme

1. En ligne sur Gallica.

Max Nettlau faisait remonter à 1787 l'édition originale de ce « roman du temps de la Renaissance, *Ardinghello*, par le poète allemand Heinse », précisant que l'ouvrage se termine par une petite utopie de corsaires libres dans les îles grecques... »[1]

Wilhelm Heinse fut un esprit républicain. Fils de pasteur, il fut bibliothécaire chez l'archevêque de Mayence, un des esprits les plus libres de son temps. Pour la romancière Marie-Claude Deshayes, Heinse est aussi « un partisan convaincu de l'égalité de la femme par rapport à l'homme et de sa libération du joug du mariage »[2]. Pour le philosophe Jacques Darriulat, *Ardinghello* est « l'histoire échevelée d'un condottiere héroïque et chevaleresque qui veut conquérir un archipel de la mer Égée pour y créer une cité idéale qui renouvellera l'esprit du paganisme antique »[3].

D'un autre point de vue, dans un livre publié en 1877[4], l'écrivain allemand Heinrich Prœhle voit en Ardinghello un héros romanesque qui « pille, égorge, séduit et brave les estafiers, comme un véritable bandit ». Mais, dans le compte rendu qu'il fait de cet ouvrage, l'archiviste paléographe Henri Lot reproche à Prœhle de n'avoir point

1. Max Nettlau, *Esbozo de Historia de las Utopias, Traducido del Alemán por Diego Abad de Santillán* (1897-1983), *La Protesta* du 1er juin 1925 (n° 175) au 3 août 1925 (n° 184); Buenos Aires, Éditions Iman, 1934; retraduit pour l'essentiel de l'espagnol par Régis Messac, *Simplement*, de janv. 1936 (n° 29) à août 1936 (n° 32), puis (2e partie) de janv. 1938 (n° 41) à déc. 1938 (n° 46).

2. *Encyclopédie Universalis*.

3. Jacques Darriulat, « Winckelmann, Beauté et désir », [2004], en ligne sur darriulat.net.

4. Heinrich Prœhle (1822-1895), « Lessing, Wieland, Heinse, *Nach den handschriftlichen Quellen in Gleims Nachlasse dargestellt* » (Berlin, Liebel, 1877, 324 p. in-8° p. 161).

compris le personnage d'Ardinghello. Ardinghello, écrit-il, « est un homme plein de force et de génie. C'est le désir de la vengeance qui le pousse au meurtre ; il égorge le fiancé de Cécile, parce qu'il l'a dépouillée de la fortune paternelle. [...] Ardinghello est le type de la jeunesse du temps, fière, exaltée, éprise de toutes les jouissances du corps et de l'esprit, avide de tout conquérir. [...] il est habile à tous les exercices du corps, il est intrépide, il est beau, c'est un grand artiste... »[1] Un avis que partage l'universitaire allemand Fritz Nies, qui voit en Ardinghello un « héros individualiste de l'époque romantique, [...] esprit supérieur capable de grandes actions... »[2].

Dans le roman de Messac, Ardinghera apparaît comme le féminin d'Ardinghello. Ardinghera, elle, appartient à la catégorie des grandes écuyères de haute école qui cultivent l'ambivalence du masculin et du féminin, hésitant entre virilité et féminité[3]. Mais à titre de comparaison, on retiendra surtout le nom de Thérèse Renz (1859-1938) et celui de Blanche Allarty (1872-1962) comme lui ayant servi de modèles.

Thérèse Renz, née à Bruxelles, excellait dans de nombreuses disciplines. D'une hardiesse hors du commun, elle exécutait avec grâce, audace, distinction, élégance raffinée, les exercices les plus esthétiques et les plus

1. Henri Lot (1834-1878), « Lessing, Wieland, Heinse... », *Revue critique d'histoire et de littérature*, XIIe année, 1878, 1er sem., p. 48-50.
2. Fritz Nies, « À l'aube du romantisme, l'Italie vue par le prisme des traductions », *L'Italie dans l'imaginaire romantique*, Copenhagen, The Royal Danish Academy of Sciences & Letters, 2008, p. [183-200] 197.
3. Voir à ce propos : Catherine Tourre-Malen, « L'art des écuyères de haute école au XIXE siècle ; transgression ou reproduction des stéréotypes de genre ? », *Ethnologie française*, vol. 46, 2016-1, p. 59-70 ; en ligne sur Cairn.info.

périlleux. Son numéro le plus célèbre fut celui du saut à la corde en amazone, d'une sévérité académique, qui lui valu les éloges d'Ernest Molier (1844-1933), fondateur et directeur du cirque du même nom (1880-1933), qui voyait en cette écuyère une «prestidigitatrice équestre». Sa première apparition à Paris eut lieu au Nouveau-Cirque, rue Saint-Honoré, le 22 octobre 1898. En 1931, l'année même de la publication en feuilletons d'*Ardinghera* en rez-de-chaussée du *Quotidien*, Thérèse Renz demeurait en activité. Si l'on en croit *Paris-soir* et *Le Sport universel illustré*, celle-ci, montant Malachif, un étalon alezan, ou Last Rose, un pur-sang anglais, virevoltait encore sur la piste, à Berlin comme à Médrano, à l'âge de soixante-treize ans.

Blanche Allarty, elle, de son vrai nom Blanche Lamiday, née à La Rochelle, fut, à l'âge de treize ans, l'élève d'Ernest Molier avant de devenir son épouse. Écuyère de grand talent, Blanche Allarty démontra des aptitudes exceptionnelles au dressage. Surnommée la Centauresse, elle demeure l'une des plus grandes figures du cirque équestre. Aussi habile en haute école qu'en voltige, elle dressa, en amazone ou à califourchon, de nombreux chevaux, au piaffé, au passage, en avant ou en arrière, au pas et au trot espagnol, aux changements de pieds au galop, au galop sur trois jambes, à la courbette ou à la cabriole. En 1911, elle se rendit célèbre pour un galop en arrière à califourchon sur son cheval Don Juan. La même année, son cheval d'Artagnan exécutait la cabrade absolument droit et une magistrale cabriole appelée à l'époque le «saut plané sans obstacle». Avec d'Artagnan, Blanche Allarty exécutait même, en amazone, un saut à la corde sur place. Après avoir débuté au cirque Victor Franconi, elle revint en 1894, à l'âge de vingt-deux ans, au cirque Molier, rue Bénouville, à proximité du bois de Boulogne. La jeune écuyère fut immédiatement adoptée par un public très aristocratique. En 1897, elle prit la direction du Cirque Franco-Arabe et joua un rôle dans le dressage des camélidés.

En 1931, l'année de publication du roman, Renz avait soixante-douze ans, Allarty cinquante-neuf, Ardinghera cinquante et un. Chez Messac, le nom donné à ses personnages ne relève pas du hasard. Repris, adaptés ou inventés, ces noms, comme ceux de ses pseudonymes[1], font généralement écho à un personnage ou à un événement qui a nourri son inspiration. Dans le roman, on remarquera que Robert Massion porte les mêmes initiales que celles de l'auteur. Mais avec Benoît Bandan, l'origine du nom apparaît plutôt mystérieuse. Car ici, Benoît Bandan et Robert Massion incarnent en quelque sorte deux aspects de la personnalité de l'auteur. Messac a mis une partie de lui-même dans le personnage de Benoît Bandan et une autre dans celui de Robert Massion. En 1931, Régis avait 36 ans, Massion et Bandan, la trentaine.

Le commissaire spécial Robert Massion et le criminologiste amateur Benoît Bandan sont rapidement présentés comme « deux amis ». S'ils ont approximativement le même âge, ce qui importe c'est que leurs discussions, autour desquelles se structure le récit, apparaissent

1. « Ce positionnement singulier révèle une donnée essentielle de son identité d'écrivain. » Voir : Natacha Vas-Deyres, « Régis Messac et l'empire du pseudo », le journal de *Quinzinzinzili*, n° 12, hiver 2011, p. 22-29.

comme un dialogue avec soi-même. Robert Massion représente la voix du bon sens, tandis que Benoît Bandan incarne la méthode, structurée et raisonnée. Si Robert Massion est doté d'un esprit terre à terre, Benoît Bandan possède lui une capacité supérieure de raisonnement. Pour le criminologiste amateur, le bon sens n'est pas le contraire de la méthode mais un précieux contrepoids. Le bon sens, dit-il, n'est fondé que sur les apparences, c'est-à-dire sur un choix de faits arbitraires et empiriques, tandis que la vraie méthode, celle de Descartes, est celle où l'on commence par les dénombrements complets. En réalité, comme le fait remarquer Jean-Paul Morel, *Ardinghera* apparaît comme un exercice pratique tendant à démontrer la thèse de l'auteur sur *Le « Detective Novel » et l'influence de la pensée scientifique*[1].

Si Robert Massion porte les mêmes initiales que celles de Régis Messac, Benoît Bandan, lui, cultive une multitude de ressemblances avec le père du « Detective Novel ». Sur un plan personnel, Benoît Bandan est un garçon qui n'a voulu vivre aux crochets de personne et n'a jamais pu compter que sur lui-même. Il a été quelque temps journaliste[2] et a vécu en Grande-Bretagne. Il

1. Paris, Honoré Champion, 1929 ; nouvelle édition revue et corrigée, Paris, les Belles lettres, 2011.

2. En même temps qu'il préparait l'agrégation, Régis Messac exerça le métier de journaliste au quotidien *La Liberté*, y rédigeant principalement le billet d'humeur publié à la une du journal de mai 1920 à janvier 1923. C'est dans ce cadre professionnel qu'il fut accessoirement amené à fréquenter les champs de courses. Il y décrit parfois quelques scènes pittoresques vécues à l'hippodrome de Vincennes ou au pesage de Longchamp. Le 19 octobre 1921, il écrit : « J'assistais dimanche, à Longchamp, à la grande journée du "Municipal", journée jadis d'une élégance suprême. Il y avait des dames tout à fait costumées. Il y avait une malheureuse jeune femme habillée comme une héroïne des romans de Zévaco… »

manifeste un certain goût pour la criminologie, s'exprime d'une manière paradoxale, a conservé un penchant déplorable pour la mystification. Il se dit aussi fervent de la vie fraîche, franche, sans façon, épanouie, hardie, colorée, populaire, amoureux des chevaux de bois, amateur de fêtes foraines dont il apprécie le charme qui est dans l'âme de la foule. Il est aussi un vulgarisateur s'efforçant à mettre ses raisonnements à la portée même d'un hussard.

Si, comme nous le pensons, Robert Massion et Benoît Bandan représentent ici deux aspects de la personnalité de l'auteur, le premier sous l'angle du bon sens, le second sous celui de la méthode, on comprend pourquoi au terme de l'intrigue l'un des deux disparaît dans l'obscurité, s'enfonçant seul dans la nuit, plantant l'autre « stupéfait sur le terre-plein de la petite gare » ; « *Alone in the Night* » selon la formule de Jean-Paul Morel.

Outre les deux principaux protagonistes du roman, nous nous sommes aussi intéressés à la personnalité de Claudien Cascaret, ami de Léon Daudet, dont le propos (p. 25) fait vraisemblablement référence aux chapitres des *Mémoires* du prince Bernhard von Bülow publiés par *La Revue universelle* (bimensuel royaliste, catholique, nationaliste – 1920-1944)[1] et commentés par Léon Daudet dans un article à la une du numéro 276 de *L'Action française* (3 octobre 1930) sous le titre « Guillaume II et sa cour ».

Chose curieuse, la physionomie de Claudien Cascaret est assez proche de celle d'un autre personnage

1. *La Revue universelle*, n ° 12, 15 septembre 1930, p. 641-660, et n° 1 du 1er octobre 1930, p. 16-54.

du livre : Raoul Parcivet. L'une et l'autre semblent calquées sur celle de Maurice Messac, le père de Régis, inspecteur de l'enseignement primaire, philosophe à ses heures perdues et auteur de « L'école française et la cause de la Paix » (1928). S'étant, après la guerre de 1914, retiré à Argenteuil après avoir vécu à Versailles, il fut un usager fidèle du réseau ferroviaire de Paris-Saint-Lazare.

Si l'on retient que Claudien Cascaret est un monsieur corpulent, imposant, qui porte deux rubans violets en cascade, l'un à la boutonnière de son pardessus, l'autre à celle de son veston, si l'on n'oublie pas qu'il est un bourgeois patriote, important et décoré, au discours verbeux, aux phrases sentencieuses, énoncées avec pompe, qu'il ne parle pas anglais, que sa voix sonne comme un gong, qu'il est capable d'ouvrir la bouche pour en laisser tomber quelque argument de poids, on a là un portrait à peine caricaturé du père de Régis.

Raoul Parcivet, qui habite à proximité de la gare de Versailles-Rive-Droite, est lui décrit comme un petit homme dodu et souriant, à la figure poupine aux reliefs dodus barrés par une belle moustache noire, avec autant de malice que de bonne humeur dans les grands yeux noirs qui s'abritaient sous un front déjà dégarni, avec aussi des mains potelées qui semblaient faites de petits dirigeables roses. C'est un homme brave, méthodique, jamais pressé, sans orgueil exagéré, un monsieur-qui-en-sait-plus-que-les-autres, qui sait s'exprimer avec calme et sans hâte. Eh bien voilà un second portrait saisissant tout aussi adaptable que le précédent au physique et à la personnalité de Maurice Messac.

Cependant, pour Parcivet comme pour Cascaret, la comparaison semble s'arrêter là. Il n'est dit nulle part à notre connaissance que Maurice Messac fut un admirateur de Léon Daudet, ni qu'il ait été germanophobe. Né en 1869, on ne sait pas non plus s'il a fait son service dans les hussards, ni si un lien quelconque le rattachait à la musique, militaire ou philharmonique.

Au-delà des personnages proprement dits, nous souhaitons encore apporter un éclairage sur le château de lord Halloween, cette « grande bâtisse avec des centaines de chambres [qui] pourrait loger un régiment ». Cette grande bâtisse, c'est le château du Val Ombreux à Soisy-sous-Montmorency. Bâti au XVIIIe siècle dans un parc doté d'une orangerie, le château, distant de 1600 mètres de la gare, était situé à l'angle de la rue Carnot et de l'avenue de Paris sur un domaine de deux hectares et demi. Il fut notamment occupé par Jean-Baptiste Javon et par le Baron Affre de Saint-Rome, tous deux maires de Soisy, le premier de 1821 à 1830, le second de 1868 à 1874. Vétuste et longtemps inhabité, le bâtiment a été démoli en 1983. Le domaine a été transformé en jardin public tandis que l'orangerie accueille désormais des manifestations culturelles.

Pour s'y rendre, le commissaire spécial Robert Massion et le criminologiste amateur Benoît Bandan ont emprunté à plusieurs reprises la ligne de chemin de fer du *Refoulons*. Cette ligne originale et pittoresque, d'une longueur de trois kilomètres, reliait jadis Enghien-les-Bains à Montmorency. Elle fut créée en 1866 avec deux arrêts intermédiaires : à la Pointe-Raquet (1895) et à la halte de Soisy (1871). De 1919 à 1936, la ligne assurait vingt navettes de 5h30 à 1h le lendemain matin, une trentaine de 1936 à 1954. En raison du parcours escarpé – médaille d'argent des dénivelés français sans crémaillère – et par mesure de sécurité, la rame était composée de wagons poussés à la montée, retenus à la descente. C'est la raison pour laquelle ce train fut surnommé le *Refoulons* jusqu'à la fermeture de la ligne en juin 1954. La voie ferrée fut déposée en 1956. Un petit film, *Le Refoulons*, aujourd'hui en ligne sur Youtube, montre ce train en action à l'époque même de ce roman.

Enfin, nous ne voudrions pas omettre de signaler qu'à Paris, à hauteur des 39 et 41 rue de l'Hôtel-de-Ville – qui portait avant 1832 le nom de rue de la Mortellerie – se trouvait la rue du Paon-Blanc. C'était en réalité une ruelle large d'un mètre cinquante en face de laquelle se trouvait, 20, rue de l'Hôtel-de-Ville, une auberge à l'enseigne du Paon Blanc. Des écrivains ont prétendu que c'est en ce lieu, le 3 janvier 1741, que mourut Marion de Lorme (1613-1650), courtisane et maîtresse de Richelieu, à l'âge de 128 ans. On donne pour explication à cette fantaisie que Marion de Lorme aurait fait répandre le bruit de sa mort afin de fuir et de vivre une vie aventureuse. Le journaliste Georges Touchard-Lafosse évoque le mythe dans ses apocryphes *Chroniques de l'Œil-de-bœuf* (1830-1832) ; Victor Hugo écrivit un drame qui porte son nom (1829) ; Amilcare Ponchielli tira de ce drame un opéra en italien (1885) ; Eugène de Mirecourt écrivit un roman intitulé *Confessions de Marion Delorme* (1850) ; Gérard de Nerval, dans *Les Illuminés* (1852), renforça la légende selon laquelle Marion Delorme aurait ainsi bénéficié d'une longévité exceptionnelle. Dans le roman de Régis Messac, c'est dans un établissement au nom identique que l'ancienne écuyère de haute école, Letizia Andréoli, alias Ardinghera, a « grisé d'alcool et peut-être aussi d'amour » le majordome de lord Halloween, Joseph Mildew, odieux ivrogne, répugnante crapule, avant de l'assassiner à la manière de… Ardinghello.

La rue du Paon-Blanc, vers 1830, large de 1,50 m et longue de 19,50 m, allait des 48 et 50, quai des Ormes (aujourd'hui de l'Hôtel-de-Ville) aux 39 et 41, rue de la Mortellerie (aujourd'hui de l'Hôtel-de-Ville).

DU MÊME AUTEUR

AUX ÉDITIONS LA GRANGE BATELIÈRE

Ardinghera
Préface de Jean-Paul Morel / Postface de Guibert Lejeune

En préparation :
La Taupe d'or
Le Mystère de Monsieur Ernest

AUX ÉDITIONS LES BELLES LETTRES

Le « Detective Novel » et l'influence de la pensée scientifique
Préface de Claude Amoz / Postface de François Guérif

AUX ÉDITIONS DE LA TABLE RONDE

Quinzinzinzili
Préface d'Éric Dussert

AUX ÉDITIONS EX NIHILO

Lettres de prison
Avant-propos d'Olivier Messac

Les Romans de l'homme-singe
Préface de Marc Angenot

Le Miroir flexible
Préface de Gérard Klein

Micromégas
Avant-propos d'Olivier Messac

Les Premières Utopies
Préface de Serge Lehman

Valcrétin
Préface de Natacha Vas-Deyres / Postface de Guibert Lejeune

Roman policier, fragment d'histoire
Préface de Gérard Durozoi

Brève histoire des hommes
Avant-propos d'Olivier Messac

La Cité des asphyxiés
Préface de Roger Bozzetto / Postface de Natacha Vas-Deyres

Smith Conundrum
Préface de Marc Angenot / Postface de Robert H. Michel

À bas le latin !
Préface d'Anne-Marie Ozanam

La Crise (chronique éditoriale 1930-1939)
Préface de Michel Besnier

Le Voyage de Néania à travers la guerre et la paix
Préface de Didier Daeninckx

Propos d'un Utopien (tome I)
Préface de Natacha Vas-Deyres

La Loi du Kampilan

Musique arachnéenne
Préface de Jean-Luc Buard

Hypermondes
Préface de Clément Hummel

Coutances à l'heure allemande
Préface de Dominique Kremp

CHEZ D'AUTRES ÉDITEURS

Influences françaises dans l'œuvre d'Edgar Poe

La Révolution culturelle

Esquisse d'une chronobibliographie des utopies
Avertissement de Ralph Messac

Pot-pourri fantôme
Préface de Ralph Messac

Poèmes guerriers
Préface de l'auteur

SUR L'ŒUVRE DE RÉGIS MESSAC

AUX ÉDITIONS EX NIHILO

Natacha Vas-Deyres & Olivier Messac (dir.),
Régis Messac, l'écrivain journaliste
Avant-propos d'Hélène Chantemerle & Natacha Vas-Deyres

Guibert Lejeune,
Portraits de Régis Messac

En préparation :
Robert H. Michel,
Régis Messac at McGill University (1924-1929), Fact & Fiction
Préface de François Ouellet

AUX ÉDITIONS SKRIBILI

Nathalie Gerfaud-Valentin,
Quinzinzinzili, un roman de Régis Messac

Également aux éditions la Grange Batelière

Léo Malet / François Guérif,
Mon vieux Guérif. Correspondance et autres curiosités

« Cette liqueur de noirceur est à boire cul-sec ! »
T. Morales

Détails du catalogue sur
www.editionslagrangebateliere.fr

Ce dix-septième titre
des éditions la Grange Batelière
a été achevé d'imprimer sur les presses
de l'imprimerie Firmin Didot à Mesnil-sur-l'Estrée,
en avril 2021

Dépôt légal : juin 2021
Numéro d'impression : 163848